校註
入燕記

善本燕行錄校註叢書19세기 ①

校註 入燕記

申錫愚 著

金龍泰・張眞瑛 校註

성균관대학교
출판부

〈善本燕行錄校註本叢書〉를 간행하며

성균관대 대동문화연구원은 1960년 〈燕行錄選集〉(상, 하 2책)을 영인하여 학계에 연행록 자료의 중요성을 처음 알렸고, 민족문화추진회(현 한국고전번역원)에서 1976년부터 여기 실린 자료 20종을 국역 간행함으로써 학계를 넘어 고전의 대중화에 기여하였다. 그 뒤 2001년 임기중 편 〈연행록전집〉(동국대 출판부, 전100책)으로 자료의 방대한 수집이 이루어짐으로써 연행록 연구는 중국, 일본 등 국제적으로 확산되었다. 2008년 성균관대 대동문화연구원에서는 〈연행록선집보유〉(전3책)를 간행하였고, 2011년에는 성균관대 동아시아학술원과 푸단(復旦)대학 문사연구원이 〈한국한문연행문헌선편〉(전30책)을 공동 발행하여 연행록에 대한 국제적 관심을 불러일으켰고, 동시에 전근대 동아시아 국가간의 문학으로 또는 사료로의 사행기록의 다양한 자료들이 집적되는 성과를 보였다.

이처럼 연행록의 학술적 가치와 대중적 독서물로서의 저변이 확대되고 있음에도 불구하고, 이 과정에 참여해온 연구자들이 보기에는 여전히 몇 가지 보완되어야 할 점들이 남아있다. 가장 중요한 점은 자료의 문제이다. 그 동안 연행록의 수집, 발굴에 많은 연구자들이 노력해왔고, 그 결과 500종에 가까운 자료가 집적되었다. 이제는 선본 자료의 선별과 이에 대한 엄밀한 학술적 검토가 더 필요한 시점이 되었다. 아울러 지금도 새로 발굴되는 자료들이 있는데, 이 가운데에는 선본으로 분류될 중요한 자료들이 많다. 현재까지의 자료집에는 포함되지 못한 이 자료들을 소개하는 별도의 기획이 마련되어야 한다.

이에 성균관대 동아시아학술원에서는 관련 연구자들이 모여 〈선본연행록교주총서〉를 준비하게 되었다. 전체 종수는 40종 내외로 예정하고 있고, 1종 1책을 원칙으로 하되 16세기, 17세기, 18세기, 19세기로 분류하고 기존 연행록 총서에 수록된 자료 중 선본과 미수록 신발굴 선본을 적절히 안배하여 계속 간행할 예정이다. 이 교주본 총서에는 다음과 같은 부수적 의의도 갖는다. 첫째, 후속 학문세대에게 한문원전 校註의 훈련이 절실히 필요하기에, 중견연구자와 신진학자가 공동으로 작업하여 원전 텍스트의 교점과 주석의 훈련을 겸한다. 둘째, 우수한 번역본을 내기 위한 전단계로서 의미가 있다. 한국의 경우 번역본이 동반되지 않은 교주본을 출판하는 사례가 극소하고, 학계에서도 그 효용성에 의문이 제기될 수 있다. 교주본은 번역서의 중간단계이고, 전근대 동아시아 공동문자였던 한문원전에 대한 독해 분석력 제고는 물론, 교점주석에 대한 수준이나 이해를 높일 수 있다.

끝으로 이 기획의 의의를 깊이 공감하고 발간을 적극 지원해주신 동아시아학술원 김경호 원장께 감사드린다.

2022년 12월
기획위원 **김영진, 안대회, 진재교**

| 차 례 |

입연기 入燕記

11

『入燕記』

김용태·장진영

『入燕記』는 1860년 영국·프랑스 연합군의 북경점령이 일어난 직후 冬至使行의 正使로 연행한 海藏 申錫愚(1805~1865)의 연행록이다. 따라서 『입연기』에는 19세기 중반 혼란한 중국의 정세를 살피는 조선 사신의 관점과 태도가 잘 담겨 있다. 또한 19세기에 들어와 더욱 풍성하게 이루어진 중국 문인들과의 교류 역시 엿볼 수 있는 자료이다.

그 동안 신석우는 그가 연행한 시기로 인해 19세기의 對淸認識을 다루는 맥락에서 거론되었고,[1] 瓛齋 朴珪壽와 玉垂 趙冕鎬의 교

---

1 민두기(1968), 「19세기 후반 조선왕조의 대외 위기 의식」, 『동방학지』 52, 267~269면; 유봉학(1988), 「18·9세기 대명의리론과 대청의식의 추이」, 『한신논문집』 5, 10~11면; 이지은(2019), 「申錫愚의 『入燕記』를 통해 본 조선의 국제정세인식」, 『史學志』 58, 단국사학회.

유관계가 언급되는 과정에서 소개되었다.[2] 또한 김윤조 교수는 19
세기 전반의 작가 가운데 燕巖 朴趾源에 대해 가장 많은 기록을 남
긴 사람으로 신석우를 언급하였다. 특히 신석우의 문집에 실린 산
문 가운데 가장 주목할 수 있는 것으로『입연기』를 들었다.[3] 김명호
교수 역시 19세기의 대표적 연행록으로 金景善의『燕轅直指』, 朴思
浩의『心田稿』와 더불어 신석우의『입연기』를 거론하며『입연기』
의 체제와 내용을 주목하여 고찰한 바 있다.[4]

　이렇듯 신석우는 연행록의 저자로 주목을 받기보다, 19세기 문
학을 거론하면서 부분적으로 거론되거나 다른 인물의 교유관계를
통해 단편적으로 언급된 경우가 많았다. 그러던 중『입연기』의 역
주 작업이 학계에 제출되면서 본격적인 논의가 이루어지게 되었
고,[5] 이를 바탕으로『입연기』를 본격적으로 연구한 장진영의 석사

2　김명호(2008),『환재 박규수 연구』, 창작과비평사, 372~382, 422~426면 참
　조. 김용태(2008),『19세기 조선 한시사의 탐색─옥수 조면호의 시 세계』, 돌
　베개, 62~63면 참조.
3　김윤조(1966),「실학파문학의 계승양상에 관한 연구: 특히 북학파의 경우를
　중심으로」,『대동한문학』8, 대동한문학회, 241면 참조.
4　김명호(2007),「해장 신석우의『입연기』에 대한 고찰」,『고전문학연구』32,
　한국고전문학회.
5　김용태 외(2015),「申錫愚의『入燕記』역주(1)」,『漢文學報』32, 우리한문학
　회; 김용태 외(2015),「申錫愚의『入燕記』역주(2)」,『漢文學報』32, 이 작업은
　『海藏集』권15·16에 수록된『入燕記』를 저본으로 삼고, 계명대 소장의『西槎
　詩集』과 서울대 소장의 독립된『입연기』의 교감을 통해 번역은 물론 나름의
　善本을 만드는 과정도 함께 진행하였다.

논문도 나오게 되었다.[6] 아래에서는 장진영의 석사논문을 바탕으로 신석우의 입연 경위와 『입연기』의 내용의 의미를 살펴보도록 하겠다.

1) 신석우의 생애와 교유관계

신석우는 아버지를 일찍 여의고 어려운 가정환경 속에서 큰아버지 申在正(1763~1821, 호 睡軒)과 종숙부 申在植(1770~1843, 자 仲立, 호 翠微, 시호 文淸)의 훈도를 받았다. 그는 경제적으로 넉넉하지 못한 점을 아우 申錫禧(1808~1873, 자 士綏, 호 韋史)와 남다른 우애와 어머니에 대한 깊은 효성으로 극복해나갔다. 그는 노론 경화사족의 학풍을 계승하여 벼슬길에 나가 비교적 순탄한 관직 생활을 하였다. 하지만 신석우는 경상도 관찰사가 되어 환정을 잘못 처리했다는 암행어사의 탄핵을 받고 유배를 당하고 말았다. 그 해 바로 복직되긴 하였지만, 이러한 탄핵과 유배는 천재지변으로 어려움을 겪는 백성들을 위해 물심양면으로 노력했던 그의 관직생활에 적지 않은 충격을 주었다. 그는 이 사건을 계기로 자연에 은거하고 싶은 마음을 직접 실행하여 은둔의 삶을 시작하였다. 그러던 중 1860년 동지 정사가 되어 예전과 다른 체험을 하게 된 것은 새로운 삶의 계기가 되었다.

---

6 장진영(2011), 「海藏 申錫愚의 『入燕記』 硏究」, 성균관대학교 동아시아학과 석사학위논문.

신석우는 혈연관계를 통해 다양한 인사들과 교유를 하였다. 특히 洪良厚, 朴珪壽, 趙冕鎬 등 당대의 쟁쟁한 문사들과 교유하였고, 北社를 이끌며 金永爵, 尹堉, 尹宗儀 등의 구성원들과도 인간적이며 문학적인 교유 관계를 형성하였다.

2) 『입연기』의 체제 및 특징

『입연기』는 신석우의 문집인 『해장집』에 수록되어 있는 것과 따로 독립되어 있는 것 2종으로 모두 필사본이다.[7] 『해장집』의 권15, 16이 연행 관련 기록이다. 권15에는 『입연기 上』이라는 제목 아래 연행 과정에서 지은 시 114편을 모은 『韓使吟卷』[8]과 35통의 書牘으로 구성되어 있다. 시는 서울 출발부터 시작하여 귀환까지의 모

---

7 신석우의 『해장집』과 『입연기』는 모두 서울대학교 규장각 한국학연구원에 소장되어 있다. 『해장집』은 『平山申氏文集』 제8집(평산신씨대종회, 1994)에도 수록되어 있으며, 『입연기』는 『연행록전집』 제77권(임기중 편, 동국대학교 출판부, 2001)에도 실려 있다. 2011년 석사논문을 쓸 당시에는 확인하지 못했던 연세대학교 소장 『海藏遊燕錄』은 『해장집』 소재 『입연기』의 시와 기문 중에서 몇 편을 생략하고 묶은 것으로 주색 권점이 있는 것이 특징이다.
8 『한사음권』과 유사한 연행시집으로는 『西槎詩集』(계명대학교 소장)이 있다. 이는 앞에서 신석우의 초고를 그의 벗 조면호가 편한 것인데 특이하게도 심병성에게 보낸 편지 1통이 중간에 수록되어 있다. 『해장집』을 편찬하면서 『서사시집』 중의 시들을 추려 『한사음권』으로 재편한 것으로 추측된다. 김명호, 앞의 논문, 467면.

든 연행 여정에서 읊은 것이다. 그의 연행시는 세 부분으로 나눌 수 있다. 한양 출발부터 의주 부윤과 이별하는 부분, 강을 건너 북경까지 가는 부분, 북경에서 귀로에 들른 벽제관까지의 부분이다. 편지는 북경에서 교류한 중국인과 주고받은 편지 34통, 비변사에 보낸 편지 1통으로 이루어져 있다. 『해장집』 권16은 『입연기』라는 제목 아래 11월 26일 압록강을 건널 때부터 12월 20일 朝陽門에 들어갈 때까지 연행의 여정을 기록한 25편의 記와 국왕에게 아뢴 狀奏 2편, 종숙부 신재식의 교유로 알게 된 翰林編修 李伯衡에 대한 祭文 1편, 이백형의 가족, 한림편수 沈秉成과 河南道御史 謝增, 前 光祿寺小卿 程恭壽와 나눈 譚草 3편이 실려 있다.

독립되어 있는 『입연기』는 2책으로 되어 있다. 『입연기 一』은 「渡江記」 이하 「入朝陽門記」까지 25편의 기를 모은 것으로 몇몇 글자가 다른 경우가 있으나, 『해장집』에 수록된 『입연기』의 기문과 내용이 같다. 『입연기 二』는 북경에서 교유한 인사들의 성명·자·호·출신지·나이·관직 등을 자세히 기록한 「日下交遊錄」과 이백형에 대한 제문 그리고 중국인에게 보낸 편지들로 구성되어 있다. 이 중 「일하교유록」은 『해장집』에 수록된 『입연기』에는 없는 것이다. 제문은 『해장집』에 수록된 것과 몇몇 글자의 차이를 보이고 있다. 편지는 『해장집』에 수록된 『입연기 上』에서 보이는 「與本國廟堂書」가 없고, 수록 순서가 다르다. 수록 순서를 살펴보면 『입연기 上』에는 같은 사람과 주고받은 편지를 함께 나열하였고, 제목이 같은 경우는 又 자로 연결하여 한꺼번에 제시한 반면 『입연기 二』에는 편지를 주고받은 순서에 따라 나열하였다. 『해장집』을 편찬하면서 『입연기 二』의 편지를 추려 재편한 것으로 추측된다. 이상을 표로 제시하면 다음과 같다.

『海藏集』 수록 『入燕記』		독립된 『入燕記』	
권15 入燕記 上	『韓使吟卷』 114편 書牘 35통	入燕記 二	「日下交遊錄」 「祭李雨颿文」 書牘 33통
권16 入燕記	「渡江記」~「入朝陽 門記」 25편	入燕記 一	「渡江記」~「入朝陽門 記」 25편
	狀奏 2편 「祭李雨颿文」 譚草 3편		

『입연기』의 체제에서 가장 눈에 띄는 특징은 이전 연행록에서 흔히 볼 수 있는 일록 형식이 보이지 않는다는 것이다. 일록 형식은 날짜, 날씨, 간 거리, 여정을 미리 제시하고 다음에 겪은 일을 적는 형식을 말한다. 일록 형식은 대부분 그날 있었던 일을 순차적으로 나열하는 방식이기 때문에 연행의 경위를 자세히 알 수 있다는 장점을 가지고 있다. 그러나 하루의 일을 균형 있게 적다보면 특정사건에 집중하기가 어렵고, 작자의 내면에 대한 이해가 힘들어 독자의 흥미를 떨어뜨릴 수 있다.[9]

신석우는 이러한 일록 형식의 단점을 보완하기 위해 날짜, 간 거리, 여정을 작품 곳곳에 배치하였다. 이는 연행 경위를 파악하면서도 작자가 중점을 두고 서술하는 내용에 집중할 수 있는 효과를 낼 수 있다. 그러나 『입연기』의 기문은 압록강을 건너 조양문에 들어가는 것까지의 기록만 있다. 이렇게 되면 한양 출발부터 압록강을 건너기 전까지의 여정과 북경에서 한양으로 돌아오는 여정의 파악이 어렵게 된다. 그래서 신석우는 연행시의 제목을 통해 날짜와 여정을 제시하였다. 예를 들어, '十三日到龍灣', '二十一日午憩中安堡宿小黑山' 등과 같이 시의 제목만으로 그날의 일정을 파악할 수 있다. 특히 독립되어 있는 『입연기』 권16에서는 그의 귀환경로를 알 수 있는 「復路狀」이 逸失되어 있기 때문에 이 시를 통해 귀환 경로를 파악할 수 있다. 따라서 신석우는 『입연기』에서 일록 형식과 기문, 일록 형식과 시의 결합을 통해 일록 형식의 단점을 보완하고 장점을 부각시키려 한 것이다.

『입연기』의 체제를 통해 신석우가 연행에서 중점을 두었던 두 가지를 파악할 수 있다. 첫째, 1861년 1월 14일에 본국에 보내는 諺文 狀啓와 비변사에 보내는 편지를 수록한 것으로 미루어 청나라 정세 탐문에 주력했음을 알 수 있다. 신석우는 1860년 10월 22일, 동지 사행의 정사로 임명되어 한양을 떠났는데 그가 입연하기 이전 시기부터 청나라의 약화상이 조선 조정에 많이 보고되고 있는 상황이었기에 사행의 임무는 더욱 중시되었다.[10] 신석우는 청나라의 구

---

9 김현미(2007), 『18세기 연행록의 전개와 특성』, 혜안, 212면 참조.

10 앞서 언급한 김영작은 신석우보다 앞서 1858년 동지사행 부사로 연행을 다녀왔다. 김영작은 청조 문인과의 필담에서 청나라와 주변 국가들이 다 같이

체적 정세를 파악하지 못한 채 청나라 땅에 들어섰다. 하지만 12월 1일, 柵門을 출발하여 乾子堡에 도착해서 時憲書 賣咨官 金景遂를 만나 대략적인 상황을 파악할 수 있게 되었다. 僧格林沁이 영국·프랑스 등의 洋夷와 치열한 전투를 벌였으나 북경은 이미 함락되고 圓明園 등이 방화·약탈되었으며 황제가 熱河로 몽진하였을 뿐 아니라 청이 양이와 새로운 조약인 북경조약을 맺어 천주교 포교를 금하지 않고 자유로운 통상을 허용했으며, 은 800만 냥을 배상금으

서양의 침투로 인한 난국에 처해 고민하고 있는 중이라고 국제 정세에 대해 심각한 우려를 표명한 바 있다. (吳崑田,「朝鮮使者金永爵筆談記」, 董文渙, 『韓客時存』, 김명호, 『환재 박규수 연구』, 창작과 비평사, 2008, 264면) 그리고 김영작을 포함한 동지사행은 1859년 3월 20일 귀환하여 왕에게 이러한 사실에 대해 복명했다. 그러나 정사와 서장관은 모두 사태를 낙관적으로 보았는데, 이는 아마도 군사적 충돌의 실상을 잘 알지 못한데다가 태평천국군 진압전에서 용맹을 떨친 僧格林沁 군대의 무력을 믿었던 때문인 듯하다. 그후 북경에서 비준 문제로 다시 대립하던 중 조약 비준을 강행하고자 북상하던 영국 군함이 大沽에서 승격임심 휘하 군대의 포격을 받고 대파되었다. 1860년 3월에 귀환한 동지사행은 이 사건을 보고했다. 그러나 조선 정부는 이러한 정보들에 접하고도 사태를 심각하게 받아들이거나 영국을 비롯한 서양 열강의 움직임에 특별한 관심을 표하지 않았다. 그 후 청나라 정세는 더욱 악화되어 승격임심의 영국 군함 대파 후, 영국·프랑스연합군이 재차 결성되어 1860년 8월 말 북경을 점령하자 咸豊帝는 熱河의 避暑山莊으로 몽진했다. 그 해 9월 11일 마침내 영국·프랑스 연합군은 恭親王과 굴욕적인 북경 조약을 체결한 후 철수했다. 이러한 사정을 미처 알지 못한 상태에서 조선 정부는 1860년 10월 연례적인 동지사행을 파견한 것이다. 민두기, 앞의 논문, 참조. 김명호, 앞의 책, 364~372면 참조.

로 물게 되었다는 것이다. 그 후에 양이가 대부분 철수하여 天津으로 돌아갔으나 봄이 되면 다시 온다고 하며 11월부터 백성들이 조금씩 다시 북경에 모여들었으나 土匪들이 불어나 해독을 끼치고 있다는 것이었다. 김경수는 이 수본을 8일 뒤인 9일 조정에 전했는데 이러한 놀라운 사실을 확인한 국왕은 큰 충격을 받았다.[11]

신석우는 재자관의 수본을 통해 청의 정세 파악에 더욱 막중한 책임의식을 느끼게 되었다. 이는 요동벌판을 지나 심양으로 가는 노정에서 잘 드러난다. 그는 청나라가 심양을 수도로 삼아 200년 동안 중국을 통치했으니 위대하다고 하였다. 그러나 후일 세력이 위축되어 물러나게 된다면 반드시 이곳으로 돌아와 寧古塔을 의지하여 처음에 일어났던 것처럼 할 것이라 예측하였다.[12] 그만큼 심양의 형세를 견고하다고 여긴 것이다. 그러나 지금은 황제가 심양에서 멀리 떨어진 열하로 피신하여 심양이 다스려지지 못하는 상황이었다. 그러므로 그는 심양에서 毛文龍 같은 반청세력이 불어나 匪

---

11 민두기, 앞의 논문, 11~12면 참조.

12 18세기 전반기 조선사회에 널리 퍼졌던 이른바 '영고탑 회귀설'은 몽골이 청을 공격하여 청이 자신들의 본거지인 영고탑으로 회귀하게 된다는 것이다. 이에 몽골이 심양·영고탑 선을 차단하므로 청이 평안도·함경도로 우회하여 돌아간다는 시나리오이다. 신석우는 몽골이 아닌 반청세력과 비적을 청나라를 멸망시킬 수 있는 위협적인 존재로 상정하였다. 朴炳豕(2003), 『北學派의 燕行經驗과 現實認識의 變化』, 전남대학교 교육대학원 석사논문, 37면, 배우성(1988), 『조선후기 국토관과 천하관의 변화』, 일지사, 64~93면 참조.

賊들과 결탁하게 된다면 조선을 침략하는 것은 당연하다고 전망하였다.[13] 이어서 그는 청나라의 쇠퇴가 조선의 침략이라는 위급한 상황으로 이어질 가능성이 매우 높은데도 전혀 대비책을 강구하지 않고 '오랑캐는 쉽게 제압할 수 있다'고 큰소리치는 우리나라의 현실을 비판했다. 그는 위험요소를 알면서도 대비하지 않는 것은 마치 귀를 막고 종을 훔치는 격이라고 탄식했다.[14] 결국 청나라의 쇠퇴에 따른 위협에 대비하는 길은 방비책을 강구하여 自强不息하는 것이었다. 그는 그 대비책의 첫걸음은 요양과 심양의 형세를 잘 살펴 그것을 바탕으로 한 위정자들의 노력에 달려 있다고 생각하였다.

---

13 권16, 「瀋陽記」, "覺羅發跡長白山, 以十大恨(七大恨의 誤記 − 인용자)告天, 以父祖所遺十三甲起兵, 討尼堪外蘭, 以雪其疆, 服屬諸部, 尊據大號, 漸長而南, 三世而撫函夏, 壽考寧謐二百年, 其亦偉矣. 後欲卷而北歸, 意必歸于此, 負嵎寧古根本之地, 南控山海, 揮戈四嚱, 如始起之, 爲新造之北京, 素弱之朝鮮, 不暇來援, 而遼瀋之勢, 固矣. 今者不然. 北避熱河, 其地在古北口之外, 自此至彼, 當爲千餘里, 而循長城之外矣, 其勢不能東負寧古南迤而于瀋, 瀋無統轄. 沙劉關先生之徒, 援遼都司毛文龍之輩, 不患無人. 於是, 與邊卡匪類, 聲勢連接, 則婆豬鴨淥一衣帶耳, 何所顧憚哉!"

14 권16, 「瀋陽記」, "夫千乘之國, 六千里之域, 値鄰國多事之時, 不爲自衛之謀, 坐受必至之禍, 無是理也. 東人喜騷繹, 欲效鎭服之雅者, 惡聞憂危之說. 其奈實有可憂之形, 何哉? 是何異掩耳偸鐘也? 昔謝安石賭棊東山, 自謂已別有旨, 能破符堅百萬之師, 先儒猶病其矯情, 慮其不走則降. 今日之形, 不啻泥獸之鬪, 而聽者, 猶欲自掩其耳, 姑息甚矣. 嗚呼! 自强制敵, 豈無其策, 惟在講而行之耳. 苟欲有所施爲, 遼瀋今日之形, 不可不先察, 余故略昔之沿革, 詳今之形勢, 以告謀軍國者. 十二月初六日, 宿城中記."

신석우는 潞河를 지나 通州에 가서도 覘國의 임무를 잊지 않았다. 그는 많은 연행록을 통해 통주의 번성함과 화려한 불빛을 알고 있었다. 그는 자신이 통주에 갔을 때에도 그림 같은 등불들로 밤에도 대낮과 같았다고 묘사했다.[15] 그러나 통주의 낮 풍경은 서양세력의 침략으로 인해 많은 가게들이 문을 닫은 모습이었다. 그래서 낮의 풍경을 확인하고 밤에 다시 나가 보면 예전의 화려함과는 비교할 수 없는 초라한 모습이었다. 신석우는 당나라 때 가장 번성한 도시였던 양주의 화려한 야시장 풍경을 노래한 시를 읊어 통주의 초라한 풍경과 대비시켰다.[16] 노하의 배와 통주 야시장의 등불은 이전 시기까지 매우 유명한 볼거리였다.[17] 비록 지금은 예전의 화려한 모습을 잃었지만, 이 상황을 통해 '아무리 번화한 곳이라도 쇠하는 때가 있다.'는 교훈을 얻을 수 있었던 것이다.

---

15 권16, 「通州夜市記」, "夜必張燈爲市, 五色琉璃燈, 隨燈色燃燭. 紗燈之方者圓者, 不一其形, 畫山水樓臺人物草蟲於紗面, 對對成雙, 列挂廠舖, 煌朗洞澈, 如同白畫."

16 인용문의 시는 당나라의 시인 왕건(王建, 767~830)의 작품이다. 그의 문집인 『王司馬集』에는 「十五夜望月寄杜郎中時會琴客」이라는 제목으로 수록되어 있으며 문헌에 따라서는 「夜看揚州市」라는 제목으로 수록되어 있기도 하다. 宋나라 洪邁의 『容齋隨筆』과 王楙의 『野客叢書』에서는 이 시를 당나라 때 중국에서 가장 번성한 도시였던 양주의 모습을 대변하는 작품으로 파악한 바 있다.

17 박지원, 『열하일기』, 「關內程史」, "노하의 배들을 보지 못하면 북경의 장대함을 알지 못한다(不見潞河之舟楫, 則不識帝都之壯也.)" 또한 강희제 때 북경의 9경에 '通州夜市'가 더해졌다.

이처럼 신석우는 급변하는 국제정세에 발맞추어 정세파악을 위해 노력하였다. 재자관의 수본을 통해 청나라가 더욱 쇠퇴했다는 소식을 접하고, 요양과 심양의 형세를 잘 살펴 청의 쇠퇴가 우리나라에 미칠 영향에 대비할 것을 촉구했다. 특히 통주가 예전에는 매우 번성했지만 지금은 예전의 모습이 아니듯, 영원한 것은 없으므로 변화에 대비해야 함을 강조하였다. 신석우는 12월 24일, 북경에 도착하여 머무는 동안에도 覘國의 임무를 소홀히 하지 않았다. 그는 天寧寺에 주둔한 장군 勝保 휘하의 군대를 관찰하고, 북경사변 당시 西山과 원명원·海淀 등의 불에 탄 현장을 둘러보았다.[18] 그러나 박지원이 다른 나라의 정세를 잘 살핀다는 것이 얼마나 어려운 일인지 밝힌 바 있듯,[19] 신석우의 이런 노력에도 불구하고 정확한 정세파악은 쉬운 일이 아니었다.

그래서 신석우는 좀 더 정확한 정세파악을 위해 청나라 사람들과의 필담과 京報를 활용했다. 우선 그는 宋家庄에서 송씨의 자손들과 필담을 통해 북경의 소식을 듣고, 그 필담을 잘 간수하려 노력했다.[20] 또한 북경에서 첫 교유를 맺은 이백형의 장남 이문원과

---

18 권15, 「訪天寧寺 觀勝保留陳」, 「西山圓明園海淀 被洋夷燒燼 往見感題」, 김명호, 위의 논문, 475면에서 재인용.

19 박지원 지음, 김혈조 옮김, 앞의 책, 166~169면 참조.

20 권16, 「宋家庄記」, "仍問北京聲耗, 對曰: "皇上於八月八日, 巡幸熱河, 花沙納等, 已與洋人立約暫和, 若論大勢, 尙未知伊於胡底. 其談草, 亦不扯毁, 余仍起拾曰: "欲與副行人同覽", 又爲首肯, 盖副使先往午站而不入故也. 留約明春更來而起."

의 필담에서도 신석우가 중국의 상황 파악을 위해 노력한 것을 볼수 있다. 신석우는 자신이 탐문한 청나라 상황을 바탕으로 비적의 우두머리 성명과 금릉을 점거한 자의 성명 등 자신이 파악하지 못한 세세한 부분에 대해 질문하였다. 그는 정공수와의 필담에서는 함풍제의 북경 귀환 시기, 열하 몽진의 내막, 태평천국군 및 捻匪를 비롯한 비적들의 활동과 그 대책 등 시국에 관하여 잇달아 질문했다.[21] 이러한 필담을 통해 자신이 원하는 정보를 얻을 수도, 얻지 못할 수도 있지만, 필담은 청나라 사람과의 교유와 더불어 중국의 정세에 대한 구체적이고 사실적인 정보를 얻을 수 있는 통로임이 분명했다.

경보는 官報의 일종으로 직접 견문과 필담을 통해 알 수 있었던 정보 외에 좀 더 전문적인 소식을 접할 수 있는 도구였다. 신석우는 경보를 통해 장군 승보가 북경을 방위하고 曾國藩이 徽州를 지키며 공친왕 등이 북경을 지키고 있다는 소식을 전했다.[22] 또한 청나라 황제의 이동 경로와 북경의 사정이 안정되었음도 경보를 통해 알 수 있었다.[23]

---

21 권16, 「程少卿委訪」, 김명호, 앞의 논문, 481~482면 참조.

22 권16, 「與本國廟堂書」, 김명호, 앞의 논문, 475면.

23 권16, 「諺狀」, "卽伏見京報, 則皇上將於二月十三日, 自熱河回鑾京城, 而二十五日臨御經筵是白遣, 三月初一日, 自京城啓鑾, 展謁于薊州東陵, 禮成後, 還爲駐蹕于避暑山莊是如是白遣, 北京事情段, 人民還集閭巷市廛, 依舊安堵是白乎旀, 臣等待呈納方物, 受回咨文後, 復路計料緣由, 並以馳啓爲白臥乎事是良爾. 詮次善啓向敎是事"

둘째, 『입연기』에는 중국 학자들과 주고받은 편지, 답초, 교유한 중국인들의 간략한 정보까지 수록되어 있다. 이를 미루어 살펴보면 신석우가 중국인들과의 교유를 중시했음을 알 수 있다. 특히 신석우의 종숙부 취미 신재식은 1826년의 연행에서 이백형과 교유하고 귀국한 뒤에도 서신왕래를 계속하며 교유를 지속하였다. 이러한 사실을 익히 알고 있던 신석우는 일국을 넘어 神交하였던 청조 학인들과의 교유를 특별하게 생각하였을 법하다. 신석우는 신재식의 사망 후, 종숙부의 관계를 통해 이백형과의 교유를 직접 이어나갔다.

"종숙부께서 돌아가신 뒤에도 석우가 이를 계승하여 안부 편지를 두 차례 보내드렸는데 한번은 답장을 받았지만 이듬해에는 답장은 오지 않고 한 쌍의 柱帖만을 받았으니, 鐘鼎文을 臨摹하고 성명을 款識한 것이었습니다. 사람들의 말을 듣고서 이것이 우범공 아우의 필적임을 알았습니다. 그래서 지금까지도 정중히 보관하여 보배로 여기고 있습니다."[24]

윗글은 신석우가 이백형의 아우와 나눈 필담이다. 그는 이전에 이백형에게 신재식의 죽음을 알리는 첫 번째 편지를 보냈다. 이에

---

24 권16, 「李郎中心傳家弔慰」, "從叔捐世後, 錫愚繼裁候書, 再度付呈, 一承下覆, 其翌年則答書不來, 只有一對柱帖, 臨摹鍾鼎文而款識, 聞知爲雨颿公令季氏之筆云, 故尙今莊弄珍玩."

이백형은 신재식의 죽음을 슬퍼하고 신석우를 위로하는 내용의 답장을 보냈다. 이후에 신석우는 이백형에게 두 번째 편지를 보냈지만 답장을 받지 못했고, 다만 종정문을 쓴 주첩만을 받았다. 그는 이렇게 된 까닭은 편지를 전하는 이가 함부로 열어보고 정성을 다하지 않았기 때문이라고 추측했다. 이어서 그는 서로 소식을 전하며 우호를 닦는 일이 불가능해졌다며 안타까워했다.[25] 다행스러운 점은 종정문의 관지를 통해 그것이 이백형의 아우가 쓴 것임을 알게 된 것이었다. 신석우는 그것을 잘 보관하고 있다는 말을 전하여 교유 관계를 지속해 나가고자 하였다.

신석우는 이백형 집에 조문하고 돌아오던 길에 유리창의 文華堂이란 서점에서 한림편수 심병성과 하남도어사 사증을 우연히 만나 교유를 하였다.[26] 이들 중 심병성과는 이후 여러 차례 재회하여 우의를 다졌다.[27] 또한 그는 심병성을 통해 董文渙과도 교분을 맺게 되었다. 이후 신석우는 동문환과 지속적으로 서신을 주고받았으며,

25 권16, 「祭李雨颿文」, "嗚呼! 先生捐館, 音聞莫續, 渺隔鴻鯉, 錫愚心竊恨之. 兩修書儀, 付達年貢之使, 一承答音而感傷眷撫, 辭溢于紙. 一未拜復, 只奉兩對柱帖, 摹臨鍾鼎文字, 下方所鈐印, 卽公賢仲氏, 書械中滯, 柱帖獨至, 或是傳書者, 妄自開披, 不謹收弆, 以致於此. 自是, 嗣音修好亦阻."

26 권16, 「沈謝證交」, "是日歸路, 歷憩文華堂書肆, 有二人入來, 求買書種, 余起揖一人, 卽沈秉成翰林編修, 次揖一人, 卽謝增河南道御史. 又一艷少年入來, 問之, 爲謝之子也."

27 권15, 「次沈翰林秉成韻」, 「與沈翰林秉成書」.

그를 통해 여러 명사들을 알게 되었다. 특히 정공수와 많은 교유를
하게 되었다.

"동국의 선비가 上都에 노닐기를 원하는 것은 다만 웅장한 산천과
신묘하고 아름다운 황궁을 유람하기 위해서만이 아니라 한번이라도
大方의 군자들에게 인정받는 것을 기쁨으로 여기기 때문입니다. 지
금 다행히도 맑은 가르침을 받들 수 있었으니 바라던 바가 이루어
졌다고 말할 수 있습니다."[28]

신석우는 정공수와의 필담에서 청나라 사람들, 그중에서도 청조
학인과의 교유를 열망했음을 여실히 드러내었다. 그래서 그는 북경
에 머무는 동안 20여 명의 많은 청조 학인과 교분을 맺었다. 그러
므로 신석우는 귀국 도중 심병성에게 보낸 편지에서 "소생의 북경
교유는 폭넓었다 할 만합니다."라고 회상했다.[29]
　신석우는 앞서 언급했듯이 중국에서 교유한 사람들의 성명·
자·호·출신지·나이·관직 등을 자세히 기록한 「日下交遊錄」을 만
들었다. 이는 그가 교유를 중시했다는 한 단면이다. 그런데 「일하
교유록」에는 교유한 인사들을 비롯해 동행한 그들의 어린 자녀들,

28　권16, 「程少卿委訪」, "東國之士, 願游上都, 非專爲遊覽山川之雄深·京闕之
　　神麗, 以一見賞於大方君子爲喜. 今幸得奉淸誨, 可謂志願滿足."
29　권15, 「又(與沈翰林秉成書)」, "生之日下交遊, 可謂博矣!", 김명호, 앞의 논
　　문, 483면에서 재인용.

북경으로 가는 길에 만났던 인물까지 포함하고 있어 주목된다. 특히 송가장에서 잠깐 스쳐지나갔던 송가장의 주인 宋靄蘭까지도 포함되어 있는 것으로 미루어 나이와 성별, 관직에 구애받지 않고 연행 노정에서 만났던 모든 사람들을 놓치지 않고 담고자 한 그의 노력이 엿보인다.[30]

『입연기』의 체제에서 한 가지 더 주목할 점이 있다. 『입연기』에는 도강하여 북경에 도착하기까지의 내용이 두 번 들어 있는데, 그것이 각각 시와 기문의 형식으로 쓰였다. 따라서 『입연기』에는 같은 제목의 시와 기문이 많이 보인다. 연행의 모든 노정을 시로 남기고 있는데 굳이 기문을 따로 쓴 이유는 무엇이었을까?

임형택 교수는 연행록이 동아시아세계 조공외교의 문헌에서 가장 방대한 편인데 대부분 산문을 쓰고 있다는 점을 가장 중요한 특징으로 지적하였다. 그리고 이 현상은 세계에 대한 구체적 인식과 현실에 대한 비판의식을 실현하기 위해서 산문이 요구된 것이라 해석하였다.[31] 신석우 역시 청나라가 서양의 침략을 겪고 있는 상황

---

30 권16, 「宋家庄記」, "造其門, 請主人相見, 老人名靄蘭, 年六十三, 乍出旋入, 似有病也."

31 물론 시 형식이 기본적인 표현수단이자 사교의 수단이었던 만큼 연행의 한시가 산문에 앞서 쓰여졌고 뒤에까지도 한시를 빌려서 견문과 감회를 표현했다. 연행에 참여한 인사들의 문집에는 대개 연행의 한시가 다량으로 보이는 것이다. 그런데 언제부턴가 연행의 경험을 산문으로 기록하는 문학적 관행이 성립한 것이다. 16세기 말 허봉의 『荷谷朝天記』에서부터 19세기 말 김윤식의 『領選日記』에 이르기까지 그 중간에 연행록의 걸작들이 모두 산문으로

과 북학파로서 현실개선의 의지를 바탕으로 같은 노정의 내용을 산문으로도 쓴 것이라 할 수 있다.

3) 『입연기』의 내용상의 특징

청나라의 쇠퇴가 적나라하게 드러난 시점에서 시작된 신석우의 연행에서는 상대주의적 관점이 필요했다. 이 상대주의적 관점은 그의 연행이 주체성을 가질 수 있는 토대가 되었다. 신석우는 청나라의 쇠퇴 속에서도 여전히 빛나는 군사시설에 대해 깊은 관심을 가지고 제도를 관찰했다. 이는 청나라의 쇠퇴가 조선에 미칠 영향에 대해 군사적으로 대비하기 위한 것으로 의미가 있었다.

또한 신석우의 고증학에 대한 깊은 관심도 주목된다. 그러나 서양에 대해서는 그들의 침략상 외에는 어떠한 언급도 『입연기』에 드러나지 않는다. 그는 북학파 선배들이 관심을 가지고 방문한 천주당에 가지 않았고, 서양의 기술도 역시 관심을 드러내지 않았다.

신석우는 북학의 방법으로 實事求是를 택하였다. 특히 中前所城의 제도를 살피고 우리나라 산성의 제도를 비판한 후, 현재의 산성을 이용하여 방어력을 높이는 방안을 제시한 점이 주목된다. 또한 그는 『海國圖志』에 많은 관심을 보였다. 이것은 魏源의 經世意識을 예찬한 것으로, 신석우 역시 경세의식을 가지고 『입연기』를 저

남겨졌다. 임형택(2010), 「17~19세기 동아시아 상황과 燕行·燕行錄」, 『燕行의 文化史』, 한국실학학회, 10면.

술했음을 감지할 수 있다. 이 경세의식은 급변하는 국제정세에 발맞추어 청나라 정세파악에 촉각을 기울이는 그의 모습에서 확인된다. 심혈을 기울인 정세 탐문을 바탕으로 그는 국왕에게 復命하는 내용까지 『입연기』에 포함하였다. 그는 청나라가 서양 오랑캐에게 힘없이 무너지는 상황에서 어떻게 대처를 해야 할지 정책결정자로서 많은 고뇌를 했을 것이다. 그는 근심할 것은 국내에 있지 外寇에 있지 않다고 주장하며 국경수비를 강화하고 군비를 보완함으로써 민심을 안정시킨다면 국내는 저절로 평안해질 것이라는 內修外攘論을 제시한다. 이것은 신석우만의 생각이라기보다는 당시 세도 정치 내에 조정 관료들의 보편적인 생각이었다.

입연기
入燕記

범례

1. 이 책은 1860년 冬至使行의 正使로 연행한 海藏 申錫愚의 『入燕記』를 校註한 것이다.
2. 계명대 소장 「서사시집」, 서울대 소장 「입연기」 관련 내용도 추가 요망.
3. 이 책은 고전문헌에 통용되는 일반적인 한글의 표점 방식을 따른다. 단 原註는 [　]로, 缺落字는 □로 표시한다.
4. 고유명사는 인명과 지명만 밑줄로 표시한다.

韓使吟卷[1]

「都亭」

文學賓貢隷桂籍, 棋僧待詔浮海船. 羅氏荒遠尙如斯, 麗于上都隣咫尺. 匪寇婚媾亟往來, 幽燕如砥交踵蹠. 皇朝限我嚴闗譏, 邊塞從此門樹柵. 五六百年不踰疆, 冠盖秖有朝聘役. 士生斯時局一隅, 文章謏陋心志窄. 譚藝未曾窺藩籬, 論交不敢越阡陌. 况余出脚隘路岐, 胸懷鬱鬱奇氣積. 元辰俶裝出都門, 馬聳雙耳卷毛白. 知舊送餞幾兩車, 酒盡不發相歎惜. 印亦憐君無遠圖, 到老備嘗崎嶇戹. 此行適意何須嗟, 遙望八極思揮斥. 北風天末海東靑, 快脫羈組翔勁翮.

1 韓使吟卷 : 『西槎詩集』에는 '邦域采風帖'으로 되어 있다. 『西槎詩集』은 조면호가 '申海藏西槎雜題'를 수정한 것으로, 그 이력을 짐작할 만한 기록이 남아 있다. "是卷, 申錫愚西槎集草本也. 事載卷尾故略之. 有海皐金綺秀·淵齋尹宗儀跋. 庚子仲秋, 李仁哉收之. 玉垂讀本."

「坡平館夜」

韓使驅車入杳冥, 幘溝婁紙選鴉靑. 文章誰感中華國,
王會嗟違百寶[2]庭. 四海沙虫經世劫, 一天風鶴動人聽. 首
塗已憚關梁險, 憑仗吾君利濟靈.

「臨津」

三年重到此江濱, 回首鄉園失問津. 何似臨皋亭上客,
連天雪水憶峨岷.

「嵩陽吳生尙琬, 以墨緣帖見示, 卽壬辰夏, 余從翠微公來遊所唱和者也. 披閱之餘, 不勝感慨, 遂次其韻. 又有贐章七絶, 故仍又和之.」[3]

故都徵屬一門生, 家世前朝譜列卿. 豪雋文章空到老,

---

2 寶: 저본과 『西槎詩集』에는 '實'로 되어 있는데, 문맥을 살펴 수정하였다.
3 嵩……之: 저본의 목차에 빠져 있다. 실수로 결락된 듯하다.

憐才吾獨不禁情.

結交英妙阻中間, 不復蕪城吊古還. 二十九年塵篋字,
墨緣從此重於山.

紛紛蟷子擾東南, 處處溪工毒矢含. 此日于征眞快意,
酬恩償債兩無慙.

<u>太平館</u>下送行人, 疆界元來渤碣隣. 猶記勝朝事元日,
使星如織碾征輪.

英簜成雙颭晚晴, 故事蘇家識送迎. 明日相逢何處是,
<u>黃州</u>鼓角說生平.

嚴霜昨夜凍陂塘, 野稻初收秘秘香. 湍水如斯人代速,
崧陽知近覇圖涼. 輕裘緬憶風流遠, 陳墨新沾涕淚長. 往
事猶今君記取, 荷堂清詠共壺觴.

「<u>太白山城</u>, 謁始祖<u>壯節公</u>[4]祠.」

赫赫垂光烈, 豪英間氣眞. 翊明開運會, 代主樹綱倫.

---

4 壯節公 : 申崇謙(?~927). 본관은 平山, 초명은 申能山, 시호는 壯節, 平山 申
氏의 시조.

復矢留金塑, 環弓錫采民.〔公從麗祖射獵平山, 承命中雁, 仍受其地爲采, 尙稱弓位坊.〕此山天一握, 吾祖道千春. 俎豆承前世, 冠簪列後人. 三年經險巇, 重到陟嶙峋. 累息微餘力, 高臨穆有神. 肯堂[5]悲喬墜, 行路歎艱辛. 姑附驅馳義, 仍呈耻辱身. 瞻望增慟忸, 汗淚一沾巾.

「追和行臺[6]松都懷古」

都人簦[7]笠馬前逢, 路入崧陽感萬重. 故里猶傳蹲犬石, 長橋曾繫槖駝峯. 興亡付笛聲何切, 離別當樽意不濃. 五百年來誰復在, <u>鄭文忠</u>有七分容.

---

5 肯堂 : 肯堂肯構의 준말로, 가업을 이어받아 발전시키는 것을 비유하는 말이다. 『書經』, 「大誥」. "若考作室, 旣底法, 厥子乃不肯堂, 矧肯構?"

6 行臺 : 書狀官 趙雲周를 말한다.

7 簦 : 저본과 『西樵詩集』에는 '薹'로 되어 있는데, 문맥을 살펴 수정하였다.

「心庵[8]郵詩寄贐,[9] 洞仙途上發椷.」

許國承專對, 寧辭此役難. 矗雲心去漠, 關雪鬢吹殘.
日覺音塵遠, 行聽鼓角闌. 郵詩傳厚眷, 珍重勸加餐.

我行諏吉日, 君到乞恩由. 多竹<u>黃岡</u>地, 衰蘭白露秋.
驛亭交四牡, 官膳炙千牛. 歡笑嗟無幾, 長途獨戒輈.

疎迂乖時用, 那能覘國爲. 憂虞深室緯, 機勢滿盤棋.
應變須思早, 觀風却恨遲. 惟宜勤採訪, 歸日奏<u>堯眉</u>.[10]

---

8 心庵 : 趙斗淳(1796~1870). 본관은 楊州, 자는 元七, 호는 心菴, 시호는 文
   獻. 1827년 정시 문과에 급제하여, 벼슬은 예문관대제학·우의정·영의정 등
   을 역임했다. 저서로 『심암유고』가 있다.

9 心……贐 : 趙斗淳, 『心庵遺稿』 권9, 「送海藏申尙書之燕」. "臥憶前游易, 行
   吟此別難. 敢云征邁永, 相惜鬢毛殘. 鼕鼙風塵久, 衣冠歲月闌. 天涯何所勖,
   崇德且加餐. / 絳節黃樓夕, 當時一子由. 聯床聽雨雪, 剪燭話春秋. 寵渥交軒
   駟, 文光貫斗牛. 重看淸淇路, 玉潤迓征輈. / 孰似公孫羽, 能知四國爲. 我方
   高枕臥, 人有剝床危. 可但藩籬近, 休言道路遲. 遙憐名士席, 機悟在鬢眉."

10 堯眉 : 요임금의 눈썹으로 임금을 말한다. 『孔叢子』, 「居衛」. "昔堯身脩十
   尺, 眉分八彩."

「到洞仙館, 遇海西觀察,[11] 用晉齋[12]韻.」

秋冬作意最難時, 龍節魚軒會不遲. 強欲忘情稱達觀,
人生無合亦無離.

霜淨天晴十月時, 縱橫川陸路倭遲. 今行夫適中州去,
枉遣親朋惜別離.

想像都亭送客時, 侍郎歸馬獨遲遲. 人間歧路千端劇,
到老那堪此別離.

相對天寒歲暮時, 洞仙官閣酒行遲. 浮生百計都成錯,
只博殘年足別離.〔韋史[13]〕

---

11 海西觀察: 黃海道觀察使 申錫禧(1808~1873). 본관은 平山, 자는 士綏, 호
는 韋史, 시호는 孝文. 신석우의 아우. 1848년(헌종 14) 문과에 급제하여,
벼슬은 도총관·예조판서·한성부판윤 등을 역임했다. 저서로 『위사집』이
전한다.

12 晉齋: 趙在應(1803~?). 본관은 臨川, 자는 聲汝, 호는 晉齋, 시호는 文憲.
蔭補로 출사하여, 벼슬은 대사헌·예조판서·이조판서 등을 역임했다.

13 韋史: 저본에는 '韋士'로 되어 있는데, 申錫禧의 『韋史集』에 근거하여 수정
하였다. 『西樵詩集』에는 누락되어 있다. 이하 모든 '韋士'는 '韋史'로 고치며
교감기를 달지 않는다.

「到黃州」

南州湛樂影前塵, 旌節西來氣色新. 四海子由今按使,
三年湘纍上行人. 時當佳菊秋冬際, 風合浮萍海湑濱. 到
處恩榮增感激, 此生何以答君親.

兄槎弟節躡征塵, 借宿齊安意更新. 四座不知誰是主,
一行未作所嗟人. 江山昔日稱吳會, 風雨中宵感穎濱. 面
面玉壺氷共照, 洛陽朋友舊相親.〔韋史〕

「贈黃岡妓桂蟾」[14]

明月蟾宮桂一枝, 吳剛去後却嫌窺. 清香結子來年事,
留待行人再到時.

---

14 贈……蟾: 저본에는 누락되어 있는데,『西槎詩集』을 참고하여 보충하였다.
기녀에게 지어준 작품이라 제외한 듯하다.

「黃州儒士, 以詩賀余兄弟團會, 趁韻以謝.」

　　畵戟張西絳節東,　弟兄湛樂一樓中.　各從王事輕千里,
還似文章角兩雄.　驛路離情呈妓[15]舞,　軺軒賀語採民風.
蘇家故[16]蹟今猶在,　地號黃州偶與同.

「齊安閣夜」

　　弟兄眞個到黃州,　湖上粉城城上樓.　纖柳風流稱酒手,
浣花行樂見遨頭.　耽聽[17]謳子離船曲,　暫駐[18]行人出塞遊.
明日相分堪悵望,　紅欄斜帶碧山悠.
　　蘇家鼓角古名州,　勞置華筵百尺樓.　燕路如天迷北首,
齊安此夜宿西頭.　支離未就歸田約,　汗漫仍成出塞遊.　今
去中華應日暮,　蕭蕭征馬旆旌悠.〔韋史〕

15　妓: 『西槎詩集』에는 '伎'로 되어 있다.
16　故: 『西槎詩集』에는 '古'로 되어 있다.
17　聽: 『西槎詩集』에는 '騎'로 되어 있다.
18　駐: 『西槎詩集』에는 '住'로 되어 있다.

「船遊樂」

紅牌初離錦帆張，　金釵十二學船郎．　如今不似朝天日，
猶使行人淚數行．

「次晚悟[19]送別韻」

信宿齊安啓斾遲，　豈憐纖手勸金巵．　逍遙風雨此何地，
搖落文章非昔時．　水遠征輪聽轆轆，　天寒舞袖挈披離．　關
山西去無窮柳，　欲折春枝訂後期．

「月波樓，與海西按使相別.」

輕鞭駿馬出邊頭，　留醉黃岡第一州．　今古離亭分別恨，
數聲風笛月波樓．
依遲車馬出邊頭，　夕宿淸南第一州．　牢記弟兄相別處，

19　晚悟：朴來謙을 말한다.

今年今日月波樓.〔韋史〕

「箕城」

此地重來歲月遲，傷心往事欲無知．紅闌干外溶溶水，
日夜西流似昔時．

「十一月初三日，夜宿箕城.」

醉聞花氣睡聞香，到老風情漸覺長．往事回頭成一笑，
白雲灘上綠波忙．

「練光亭」

遠黛春山多復多，漢陽郎去動離歌．生憎江水流脂滑，
不阻行人[20]起逆波．

「出七星門」

雨雪飄蕭出浿城, 悲歌[21]怨笛作邊聲. 東床勸酒兒揮淚,
從此幽燕萬里程.

紅泥亭子碧闌干, 醉倚金叉[22]强笑歡. 驛吏喚人排馬去,
滿天風雪撲征鞍.

「練光亭, 次板上韻.」[23]

淚添綠浦年年水, 才盡黃元點點山.[24] 形勝牧丹春雨濕,
樓臺金碧夕陽還. 一生魂夢思重上, 萬種情緣注此間. 望
海潮詞清數闋, 爲郎低唱向龍灣.

---

20 人 : 『西槎詩集』에는 '舟'로 되어 있다.

21 歌 : 『西槎詩集』에는 '笳'로 되어 있다.

22 叉 : 『西槎詩集』에는 '釵'로 되어 있다.

23 練……韻 : 저본에만 수록되고, 『西槎詩集』에는 누락되어 있다.

24 才……山 : 金黃元의 '長城一面溶溶水, 大野東頭點點山.'을 말한다.

「安州郡閣」

劫²⁵後江山更秀妍, 緬思忠簡²⁶守城年. 松林西望無戎
馬, 閒對官燈說夢緣.

「百祥樓」

到處依遲²⁷似塞頭, 鐃歌²⁸聲在百祥樓. 吳鉤忽向西風
吼, 漢節眞成北地遊. 古跡句驪傳此水, 名山蓋馬指何州.
男兒快意從征日, 一醉佳人字莫愁.

---

25 劫: 저본에는 '却'으로 되어 있는데 『西槎詩集』을 참고하여 수정하였다.
26 忠簡: 趙鍾永(1771~1829). 본관은 豊壤, 자는 元卿, 호는 北海, 시호는 忠
     簡. 1799년 정시문과에 급제하여, 벼슬은 호조참판·예조판서·우참찬 등을
     역임했다. 홍경래의 난이 일어나자, 안주목사로 민병을 규합하고 난의 평정
     에 진력하였다.
27 依遲: 『西槎詩集』에는 '遲疑'로 되어 있다.
28 歌: 『西槎詩集』에는 '笳'로 되어 있다.

「嘉平懷古」

蕭瑟官居滁水西, 塞天馹路曉星齊. 佳人尙說蓮娘[29]事,
一段愁雲翠黛低.

向來潢醜[30]警, 忠烈[31]死堂堂. 祖學孫能辦, 翁賢弟亦
良. 朝廷寧識狀, 志士尙摧腸. 列郡望風散, 偸生幾日長.

「定州懷古」

驅馬悠悠入定州, 寒雲落日滿生愁. 城思暗塹轟雷發,
野認長圍暈月浮. 礪世風聲人報國, 干霄劍氣客登樓. 昇
平五十年如許, 士女嬉嬉宴笑遊.

電掣風馳陷七州, 安西都護隔江愁. 國殤犀甲塵沙暗,
赤子龍蛇菜色浮. 紬被人無懷蔀屋, 宵衣憂大到宸樓. 如

29　蓮娘：嘉山妓 蓮紅을 말한다.

30　潢醜：홍경래의 난을 말한다.

31　忠烈：鄭蓍(1768~1811). 본관은 淸州, 자는 德園, 호는 伯友, 시호는 忠烈.
　　1799년(정조 23) 무과에 급제하여, 벼슬은 선전관·훈련원주부·가산군수
　　등을 역임했다. 홍경래의 난에 맞서다 죽임을 당했다.

今戰地殷閭井, 魯髦還爲蜀磧遊.

「倚劒亭〔宣川[32]〕」

娘子軍容大合圍, 鴻門演[33]舞劒雙飛. 良[34]眞好女人爭豔, 伯[35]反新婚事亦稀. 巾幗亦聞軍旅未, 鬚眉應愧丈夫非. 決雌竟是風流局, 一曲虞[36]兮淚濕衣.〔觀項莊舞.〕

「曉發宣川, 用詩社送別韻.〔十一月十二日〕」

愁大何能更面[37]君, 彤墀怵惕玉音聞. 榮枯恩重身非有, 寒燠情癡思不分. 此去壯心凌斗極, 今朝悽淚灑梧雲. 邊

32 宣川:『西樵詩集』에는 '宣州'로 되어 있다.

33 演:『西樵詩集』에는 '燕'으로 되어 있다.

34 良:張良을 말한다.

35 伯:項伯을 말한다.

36 虞:虞美人을 말한다.

37 面:『西樵詩集』에는 '回'로 되어 있다.

天漸近鄕書少, 送目迢迢入雁群.

「**宿良策館**〔龍川, 十一月十二日[38]〕」

鼓車鳴記里, 停一路三千. 界入滄波濶, 寒臨塞徼偏.
地形隣**馬訾**,[39] 聖蹟憶龍年. 忽若探幽致, 巖泉寄穩眠.

「**十三日, 到龍灣.**」

幘溝婁客上都京, 似漢非唐結束成. 專意讀書大國事,
白頭從役長城行. 陰虹貫日燕天氣, 蒼隼中峇[40]肅愼征.
邊酒味[41]醇邊女好, 鍊剛腸亦別離情.
我疆西不盡, 其地應人天. 開創回軍日, 中興駐蹕年.
玉樹離宮雪, 黃蘆獵島烟. 神京千里遠, 邦籙祝延綿.

---

38 龍……日:『西槎詩集』에는 '龍川, 至月十二日.'로 되어 있다.
39 馬訾: 馬訾水로 鴨綠江을 말한다.
40 峇: 저본에는 '若'으로 되어 있는데, 『西槎詩集』을 참고하여 수정하였다.
41 味:『西槎詩集』에는 '末'로 되어 있다.

行行到[42]西嶺, 遙望金石山. 昔有楚冠士,[43] 來棲此岡
巒. 崇禎遺老盡, 韓使淚潸潸. 傍人豈識悲, 謂我歎路艱.
聊貰塞上酒, 臨風灑屝顔.

古雨今雲着色斑, 龍灣第一海東關. 檃丸土貢隨松扇,
髮髻行人定玉環.〔用黃山谷·董越語.〕浴鴨波長三帶水, 盤鵰
雪壓九連山. 統軍亭好臨高堞, 千疊奇愁放嘯還.[44]

「走步軸中韻」[45]

逶遲西路接中州, 從古三江管別愁. 仙吏因緣雙鳥滯,
星河消息一槎浮. 正逢冬至陽生節, 共上朝鮮地盡樓. 杯
酒陽關知不遠, 且將絲竹趁今遊.

42 到: 『西槎詩集』에는 '度'로 되어 있다.

43 楚冠士: 康世爵을 말한다.

44 古……還: 『西槎詩集』에는 「走步軸中韻」 마지막 단락에 수록되어 있다.

45 走……韻: 저본에는 누락되어 있는데 『西槎詩集』을 참고하여 보충하였다.
'灣尹詩'로 수정한 기록이 있어, 이후 제외한 듯하다.

「次金臺山[46]望宸樓韻[47]」

滔滔江水亦流東，天步當時到此窮．法蹕淸嚴黃道轉，離宮嶄嵲翠華空．風泉久抱詩人感，鼓曾思將帥功．何事朝京如砥路，征輪靡聘[48]歎飄蓬．

「謹賡穆陵[49]御製[50]」

地奮中興烈，天監內附忠．金甌還舊物，鐵券徧諸公．嶄嵲離宮曉，崆峒過仗風．痛心王室瘁，錯恨援吾東．

46　金臺山：金邁淳(1776~1840)．본관은 安東, 자는 德叟, 호는 臺山, 시호는 文淸. 1795년(정조 19) 문과에 급제하여, 벼슬은 예조참판·강화부유수 등을 역임했다. 저서로 『대산집』이 있다.

47　金……韻：金邁淳, 『臺山集』권1, 「統軍亭」. "魁然木石據穹崇, 獨任三邊捍禦功. 萬里簷飛長白雪, 四時軒納不周風. 灣商草舍孤烟碧, 獷騎蒐場遠火紅. 一水盈盈拘阮轍, 燕雲極目思無窮."

48　聘：『西槎詩集』에는 '騁'으로 되어 있다.

49　穆陵：宣祖를 말한다.

50　穆陵御製：李瀷, 『星湖僿說』권23, 「經史門」, 〈秀吉犯上國〉. "國事蒼黃日, 誰能李郭忠. 去邪存大計, 恢復仗諸公. 痛哭關山月, 傷心鴨水風. 朝臣今日後, 寧復更西東." 참조.

「月夜登統軍亭, 次芍玉[51]板上韻.」[52]

寒宵塞上故人卮, 非爲當年好酒悲. 東國書生窮轍路,
中原將帥聽聱時. 鳴笳響逗千山外, 傳燧光連六島涯. 壯
志虛拋成頓語, 朱欄歌舞映燈枝.

「百一院, 觀妓女馳馬.」

將軍紅玉出行邊, 遠若英豪近却姸. 隊隊扮粧衣短後,
紛紛馳逐意無前. 連錢寶馬嘶長霧, 帶箭華蟲落暮烟. 畫
壁龕臺如待勒, 夫人城是古燕然.

「月夜讌統軍亭」

亭, 龍灣西北城傑構. 志曰: 成宗戊戌,[53] 韓千孫改建,

---

51 芍玉: 저본과 『西槎詩集』에는 '葯玉'으로 되어 있는데, 문맥을 살펴 수정하
　　 였다. 芍玉은 洪鍾應을 말한다.
52 月……韻: 저본의 목차에 빠져 있다. 실수로 결락된 듯하다.

不言所刱. 庚申十一月十六夜, 余與副使徐稚平·[54]書狀趙岐瑞·[55]府尹權堯章[56]共登, 諸賓佐從之. 時月光無畏, 與宿雪交映, 鴨綠三江, 氷沍如琉璃, 隔江群山, 低繞[57]欄檻, 如抽碧玉. 張炬城頭, 島戍之應而擧者六, 鐃歌[58]作軍中樂, 邊山殷其響. 遂命酒, 次洪士協[59]尙書浣壁詩, 又使奏細樂, 觀紅妓舞. 東望鄕山, 西望關河, 古雨今雲, 振觸興懷. 余自渡浿以後不復飮, 到此又一醉矣. 由醉之言, 渾不能記. 微記稚平停杯, 岐瑞勸起, 堯章悶默不言, 下樓時, 燈光猶熒煌焉. 其翌日, 觀百一院騎射, 妓女能馳

---

53 成宗戊戌 : 저본과 『西槎詩集』에는 '中廟戊戌'로 되어 있는데 문맥을 살펴 수정하였다. 成宗戊戌은 1478년(성종 9)이다.

54 徐稚平 : 徐衡淳(1813~1893). 본관은 大丘, 자는 稚平, 호는 漢山. 1855년 (철종 6) 정시별시문과에 급제하여, 벼슬은 이조판서·판돈녕부사·상호군 등을 역임했다. 1860년 冬至副使로, 1864년 謝恩正使로 북경에 다녀왔다.

55 趙岐瑞 : 趙雲周(1805~?). 본관은 豐壤, 자는 岐瑞, 호는 蘭畦. 1857년(철종 8) 정시문과에 급제하여, 벼슬은 대사간·대사성을 역임했다. 1860년 冬至使의 서장관으로 북경에 다녀왔다.

56 權堯章 : 權應夔을 말한다.

57 繞 : 『西槎詩集』에는 '遶'로 되어 있다.

58 歌 : 『西槎詩集』에는 '笳'로 되어 있다.

59 洪士協 : 洪鍾應(1783~1866). 본관은 南陽, 자는 士協, 호는 靑霞·苟玉, 시호는 文憲. 1827년(순조 27) 문과에 급제하여, 벼슬은 좌참찬·한성부판윤·이조판서 등을 역임했다.

馬舞劒. 邊俗尙勁. 固爲可喜. 軍校技能. 稍優於妓. 妓乎
校乎. 吾不知也. 又翌日. 岐瑞來見. 嘖言鄭重. 誨誠諄
複. 其意可感. 然而不知我則甚矣. 夜枕耿耿感傷. 明發
抽毫拈韻. 歷叙夜讌勝槪. 以足名亭之興. 千古奇憤. 以
攄遠遊之懷. 亦以志余之失而解知舊之憂.[60] 嗚呼. 東國
之域. 止於此觀止矣. 酒亦止矣.

　乘[61]月步麗譙. 朱栱驤嶐嶒. 灑霚塞山雪. 鳳贔界河氷.
週欄敞眺望. 隱囊便欹凭. 閃閃爛天星. 檐牙徧試燈. 一
炬出堠頭. 狼烟六島仍. 鐃鼓動樓前. 萬峯相叫譍. 豪吟
出塞行. 壯心恣憑陵.[62] 鼎峙勤事大. 三史鏡攷曾. 臺城泣
濟价. 滄海貢羅僧. 泊汋[63]隷句驪. 中州足獻徵. 隋唐百萬
師. 勢急風霆騰. 頓之堅城下. 蝥弧不敢登. 乙支[64]善辭
令. 莫離[65]太驕矜. 邦運應讖記. 老將時揚鷹. 渤海視西

60　憂:『西槎詩集』에 '遇'를 '憂'로 수정하고 있다.

61　乘: 저본에는 '來'로 되어 있는데,『西槎詩集』을 참고하여 수정하였다.

62　陵:『西槎詩集』에는 '凌'으로 되어 있다.

63　泊汋: 泊汋城. 韓致奫,『海東繹史續集』권6,「地理考」6,〈高句麗〉. "〔『大
清一統志』〕按唐時, 高麗泊汋城在鴨綠江北, 卽今金元婆娑府地. 婆速音, 與
泊汋相近, 疑亦沿唐舊名, 而字稍異耳."

64　乙支: 乙支文德을 말한다.

65　莫離: 莫離支 淵蓋蘇文을 말한다.

京，大氏仍代興．風勁尚武力，莫强終[66]古稱．奈何數百年，文弱衣不勝．瞋[67]目語難兒，一呼便奔崩．斷顱揭高槊，引頸縶長絙．江沍失沉鎮，城潰比絶繩．金湯縱若此，無賴築陾陾．大夫處弱國，小心如薜滕．蹡蹡逐象胥，感激鏤金繒．狃安亦云久，全不事毖懲．犀刀演場設，駿駒邊女乘．田豳代請纓，樊翮中飛矰．爲博一粲笑，行旋逗雲層．繁音奏挼曳，盛羞薦折蒸．欲留又被勸，賓主視爲恒．乖性伏火砂，對食輒[68]吐蠅．奇憤千古洩，狂態片言憑．東隅恨垂翅，八極思揮肱．不知謂士驕，無人許我能．守國若守寶，豈必攝緘滕．疆場聽邊吏，朝廷破邦朋．量才共天職，勿之任愛憎．端委坐廟朝，大猷日允升．朝令夕萬里，邊垂戒兢兢．奇珍不出柵，驅末緣畦塍．羽林練推椎，禮羅紛蹐[69]登．風流躋篤厚，吏治何烝烝．山谿險如故，樓櫓設不增．漢塞告韓款，周室頌狄膺．才難歎際盛，時艱待濟弘．設辭快笑談，罪言嫌傳謄．泯默頮帽檐，詭隨模床稜．且觀塞上女，情宕秋波凝．雲鬟[70]弱首盤，綉屩

66　終：『西槎詩集』에는 '從'으로 되어 있다.

67　瞋：『西槎詩集』에는 '嗔'으로 되어 있다.

68　輒：『西槎詩集』에는 '暫'으로 되어 있다.

69　蹐：『西槎詩集』에는 '蹐'를 '屬'로 수정하고 있다.

香足承. 柔質暎越縠, 竗曲償吳綾. 淺斟金叵羅, 狎坐紅
罽毯. 云悲悲不可, 雖歡歡未應. 都化一長嘯, 遠逐扶搖
鵬.

「和謝三松尙書[71]」

百勝何論一勝難, 兄常耳熱弟常寒. 統軍亭好臨遼薊,
願放斯場一醉寬.

「簡謝晉齋」

幾度人當似此時, 塞天風雪曉燈遲. 戍樓一夜梅花篴,
吹作關山遠別離.

---

70 馨: 『西槎詩集』에는 '馨'를 '馨'으로 수정하고 있다.

71 三松尙書: 金輔根(1803~1869). 본관은 安東, 자는 仲弼, 호는 三松, 시호는
　　文憲. 1837년(헌종 3) 문과에 급제하여, 벼슬은 좌참찬·예문관제학·광주유
　　수 등을 역임했다.

「伏聞冬至日聖教，以明年純廟元年回甲，純元王后舟梁六十年，追上顯册，以寓感慕．臣遠滯邊塞，行當出疆，不得覩盛儀而與末班，愴恨之極，恭賦一詩，以抒微忱．」

身是先朝舊史臣，白頭留滯鴨江[72]濱．應門麻冕思前甲，坤極黃裳計六旬．青瑣點班勞遠夢，金泥闡烈箓新春．定知蹈舞環疆日，獨作殊方萬里人．

「俄者，灣尹[73]伻報曰：行臺昨夜交驪宣州妓，不可不徵受東牀禮．[74] 聞之，不勝佳興，起來，命妙姬拈韻，賦東牀禮歌．」[75]

庚申冬至書狀公，淸操雅度褆其躬．專對使者聽約束，

---

72 鴨江：鴨綠江을 말한다.

73 灣尹：權應夔(1815~?). 본관은 安東, 자는 堯章. 1843년(헌종 9) 문과에 급제하여, 벼슬은 의주부윤·대사성 등을 역임했다.

74 東牀禮：혼례를 치른 뒤에 신랑이 신부집에서 마을 사람이나 친구들에게 음식을 대접하는 일을 말한다.

75 俄……歌：저본에는 누락되어 있는데『西樵詩集』을 참고하여 보충하였다.

行臺澟澟生威風. 練光⁷⁶歌舞冷眼視, 百祥⁷⁷一哂粉黛空.
疾馳百里到宣府,⁷⁸ 從者不知何故行. 恩恩及觀鴻門演,
無以看他項羽·沛公·范增·張良·樊噲·項伯·項莊諸英雄.
只喚虞美人較可, 古今芳姿將無同. 天可憐使一佳人降,
飛燕太瘦·玉眞太肥·西子不潔蒙. 牽牛織女一年隔, 今夕
何夕黃鷄唱. 玲瓏木蘭西渚朵航渡, 渡頭漁郎白頭翁. 又
有一翁頭亦白, 達宵不寐憂忡忡. 灣州非乏妙姬侍, 貞信
苦節紅守宮. 不借行人一夜樂, 暗伺高眠偸漢工. 邂逅故
人二千石, 不將曹溪酒向紅蓮中. 吾輩雖被拙未譏, 食指
欲動已數通. 明日三房乾糧所, 準辦美饌設牀東.

「夜會三行人⁷⁹所」

華燭朱欄夜宴開, 金釵十二遞行杯. 灣州纖手宣州曲,
博得行人一笑來.

---

76 練光: 練光亭. 『西樵詩集』에는 '鍊光'으로 되어 있는데 수정하였다.

77 百祥: 百祥樓를 말한다.

78 宣府: 宣川을 말한다.

79 三行人: 書狀官을 말한다.

流丸止竟到甌臾,[80]　浪泊行人類賈胡. 香羼廻廊[81]聞澤
少, 寒燈絶塞勸杯孤. 愛涎誰攝摩登[82]室, 善學男應柳惠[83]
徒. 只恨江頭明日別, 把衫揮淚獨吾無.

**「淵氷忘戒, 香燈告懺, 更次, 獨吾無一篇,[84] 徧質
副·三行人·灣州太守.」**

寒天數騎別梟臾,〔扶餘轉音.〕風雪行人遠道胡. 半夜緣[85]
濃巫峽暗, 平明令出楚山孤. 沾泥鞋惜輿夫夵, 賭局棋歸
墨者[86]徒. 好使紅粧啼送客, 莫愁樓上莫愁無.

80　流……臾 : 『荀子』, 「大略」, "流丸止於甌臾, 流言止於智者." 참조.

81　廊 : 저본에는 '廓'으로 되어 있는데 『西槎詩集』을 참고하여 수정하였다.

82　摩登 : 摩登伽女를 말한다.

83　柳惠 : 柳下惠를 말한다.

84　篇 : 『西槎詩集』에는 '編'으로 되어 있다.

85　緣 : 『西槎詩集』에는 '烟'으로 되어 있다.

86　者 : 『西槎詩集』에는 '子'로 되어 있다.

「江上作別」

遠[87]野茫茫天四垂, 古雲今雨入聲詩. 新緣猶灑[88]臨江淚, 勞肐家鄉萬種愁.

釀雪邊天雲倒垂, 笙笳高厲不成詩. 今朝賴有生辰酒, 快慰行人出塞思.[89]

「江頭餞席, 吟示灣尹.」

此行行事事垂垂, 地盡句驪五字詩. 大雪吹成平等法, 無窮思處淡無思.

---

87 遠: 『西槎詩集』에는 ‘邃’로 되어 있다.

88 灑: 『西槎詩集』에는 ‘濕’으로 되어 있다.

89 釀……思: 저본에는 누락되어 있는데 『西槎詩集』을 참고하여 보충하였다.

「庚申十一月二十六日, 渡江.」

風笳纔動撤壺觴, 素雪黃茅塞氣荒. 渡[90]盡三江回首望,
扶桑出日是吾鄉.

疑若登天中國界, 平生夢到亦難哉. 今朝晏起龍灣館,
笑別佳人踏地來.

九連[91]元是我家壈, 岡麓周遭草樹蒼. 絶徼夜來三尺雪,
東人屐迹[92]破天荒.

灣州貢路自金源, 泊汋江[93]流限國門. 歎息當年劉大夏,
不教從此抵前屯.

穹廬墟落野蘆風, 回首金元返照空. 紗帽版袍春貢使,
來從箕子井田中.

奇峭天西金石山, 遺民避地啓禎[94]間. 何年轉徙來靑海,
野鶴閒雲不復還.〔望金石山[95]〕

---

90 渡:『西槎詩集』에는 '度'로 되어 있다.

91 九連: 九連城을 말한다.

92 迹:『西槎詩集』에는 '跡'으로 되어 있다.

93 泊汋江: 鴨綠江을 말하는데, 賈耽은 압록강을 泊汋水라고 칭했다고 한다.

94 啓禎: 天啓·崇禎을 말한다.

95 望金石山:『西槎詩集』에는 詩題로 되어 있다.

塞日淪山雪擁墟, 蜜脾寄宿露[96]峰如. 今宵凍臥遼東野, 絕勝熏人鼻息餘.〔溫井坪[97]〕

「宿溫井坪」

知舊臨分戒拍浮, 此寒無酒可排愁. 地宜牧馬鳴長夜, 客似征鴻警九秋. 朔氣增威迷北陸, 河身成凍滯西流. 男兒何必因人熱,[98] 露臥高眠塞上州.

「廿七日, 早起溫井入柵.」

火井中宵凍, 嚴寒昔未經. 虎嘷林箐黑, 鷹疾海雲靑. 大國疎藩蔽, 荒山斷障亭. 知應天北極, 漸遠使臣星.

---

96 露:『西樵詩集』에는 '老'를 '露'로 수정하고 있다.

97 溫井坪:『西樵詩集』에는 詩題로 되어 있다.

98 熱:『西樵詩集』에는 '勢'로 되어 있다.

「妙姬以書來，慰我露宿之苦，戒以長途過⁹⁹飮，意甚勤，作二詩以謝.」¹⁰⁰

灣姬弄墨畵眉餘，　慰我溫溫玉不如.　大似征夫從戍去，
長城塞下見家書.
亭亭一騎帶函回，　宛想燈前手所裁.　顚敗年來由健倒，
瞥緣人亦戒深杯.

「鳳凰山歌」

鳳凰之山高崒崔，　卓地竦向靑霄出.　參差排翅翳群仙，
怳聞鳴鳥雲中狄.　尙傳安市有故墟，城名山號東諺一.　北
望遙岑一抹靑，虯髯¹⁰¹天子來駐蹕.　王者無戰但有征，小
邦自守亦多術.　登城拜賜職云修，入塞班師意未畢.　射王
中肩欲諱書，唐史不及邱明筆.¹⁰² 我後句驪二千年，使節

99　過：『西槎詩集』에는 '適'을 '過'로 수정하고 있다.

100　妙……謝：저본의 목차에 빠져 있다. 실수로 결락된 듯하다.

101　虯髯：虯髯客으로 唐太宗을 말한다.

102　邱明筆：左丘明의 『春秋左傳』을 말한다.

行過懷昔日. 西去有埄冒斯名, 守尉控禦規制密. 緇語正音兩地渾, 紛紛辨說終未必. 歷代常視荒服縻, 東方固多齊諧失. 耳食久思實踐徵, 臆斷還憂片言質. 要之秀拔與誰徒, 置諸翔翥求其匹. 屓顏淑氣落邊門, 終古不入燔柴秩. 一歲兩見東人過, 商客驅車眼如漆. 咫尺不知攢雲巖, 何況掌故能細述. 欲往從之積雪高, 從者告我深沒膝. 三宿朝暮不厭看, 行役忘勞淸興逸. 或如束笋或抽簪, 或如執玉或垂韠.[103] 變相匪止一槩名, 靑蒼奇峭難數悉. 若爲移鎭王郊東, 飮食起居其下室.

「邊門雜絶」

鳳凰山色翳寒雲, 轆轆車聲日夜聞. 傳道朝鮮春貢入, 柳條邊[104]闌坐將軍.

登城拜賜受如新, 延壽禩裸喚萬春. 磅礴雄深山水氣, 千年不復鍾東人.

---

103 韠:『西槎詩集』에는 '韠'로 되어 있다.
104 柳條邊:柵門을 말한다. 申錫愚,『海藏集』권16,「柵門記」참조.

十七番行十四秋，不知柵水是何流．長途所恃眞心折，
只兌銀錢覓酒樓．

行車如屋復如亭，攡[105]蓋穹圓挾幔靑．纔入店門齊解
放，已看騾馬散階庭．

金石仙人不可逢，名山虛負一枝筇．迢迢絶澗[106]鳴千
瀑，寂寂虛堂蔭萬松．

聲詩東國倡中微，池北無人識者稀．三日[107]淹留商販
局，低回羽翮失雄飛．

淸香已傍小春開，冷蘂[108]將看近臘催．不見于今行換
歲，東山瓜是北山梅．

<u>灣州</u>兒女髻[109]如鴉，猶憶啼痕映頰斜．風雪今宵懷遠
役，也應牕下卜燈花．[110]

財神誰復記生年，九月香燈最可憐．縱釀金錢營廟宇，
同隣壯繆不宜然．〔華俗以九月十七日，謂之財神生日，香火祈祝.〕

105　攡：『西槎詩集』에는 '欐'로 되어 있다.

106　澗：『西槎詩集』에는 '磵'으로 되어 있다.

107　日：『西槎詩集』에는 '百'을 '日'로 수정하고 있다.

108　蘂：『西槎詩集』에는 '蕊'로 되어 있다.

109　髻：『西槎詩集』에는 '鬖'으로 되어 있다.

110　花：『西槎詩集』에는 '火'를 '花'로 수정하고 있다.

名畫錦贉汚餅寒, 高麗商至有行看. 賃車只載紅蕣去,
應笑今人識趣難.〔高麗商人, 以韓幹畫馬來賣, 號爲行看子.〕

「送別鄙南趙進士, 次其所示韻.」

同袍義重赴長城, 到此胡爲一別輕.[111] 左海音書通驛
使, 中原鼙鼓亦詩聲. 吾行楊柳憐今昔, 子計蓬桑負夙生.
忍見臨岐揮老淚, 因玆根觸友于情.

安市城壚淨陣雲, 唐時遺跡驗前聞. 宿草荒烟薛劉站,
想像東征舊駐車.[112]

柳條邊外柳條新, 門賈旗亭麴米春. 華語猝難易吾舌,
不妨權作哂聾人.[113]

檢束行裝自早秋, 如今歲暯覺如流. 滿衿懷古婆娑府,
南渡句驪屬蜃樓.[114]

雲中金石立亭亭, 陡覺嶒崚舞鳳靑. 無奈興衰關氣運,

111 輕: 『西槎詩集』에는 '離'를 '輕'으로 수정하고 있다.
112 安……車: 저본에는 누락되어 있는데 『西槎詩集』을 참고하여 보충하였다.
113 柳……人: 저본에는 누락되어 있는데 『西槎詩集』을 참고하여 보충하였다.
114 檢……樓: 저본에는 누락되어 있는데 『西槎詩集』을 참고하여 보충하였다.

山靈應媿作邊庭.[115]

如此名山素未逢,　恩恩不得遍遊筇.　站稀猶有唐人蹟,
薛雪相詑轉誤松.[116]

邊天風雪晚霏微,　縫腋爲群識面稀.　回憶鄉關千里遠,
疑生八翼夢來飛.[117]

烟霞供我旅懷開,　去去旋旆歲與催.　惱煞北風江上篴,
半腔楊柳半腔梅.[118]

咄嗟澆俗嗜燃鴉,[119] 複室陰烟枕邊斜.　須識殘[120]生邪毒
焰,　同歸寂滅幻空花.[121]

虛擲光陰五十年,　零星鬢髮可堪憐.　尙餘方寸心非老,
出塞桓桓若固然.[122]

115　雲……庭: 저본에는 누락되어 있는데 『西槎詩集』을 참고하여 보충하였다.
116　如……松: 저본에는 누락되어 있는데 『西槎詩集』을 참고하여 보충하였다.
117　邊……飛: 저본에는 누락되어 있는데 『西槎詩集』을 참고하여 보충하였다.
118　烟……梅: 저본에는 누락되어 있는데 『西槎詩集』을 참고하여 보충하였다.
119　燃鴉: 鴉片煙을 말한다.
120　殘: 『西槎詩集』에는 '牋'으로 되어 있는데, 문맥을 고려하여 수정하였다.
121　咄……花: 저본에는 누락되어 있는데 『西槎詩集』을 참고하여 보충하였다.
122　虛……然: 저본에는 누락되어 있는데 『西槎詩集』을 참고하여 보충하였다.

「鴉鶻關」

我經羅李[123]棄書關, 險阻崎嶇道路艱. 身不有時輕似
葉, 義當爲處確如山. 投杼謗傳三日至, 蓋棺論定百年間.
今行準晰忠臣恨, 購取名圖抗節還.

「會寧嶺」

河氷凝冱碾征輪, 日日西馳入戰塵. 左海生逢熙皡世,
老年來作亂離人. 傷心渾灑臺城淚, 銜命如奔蜀道巡. 家
國音書從此斷, 會寧峰上轉頭頻.

「靑石嶺」

聖祖[124]龍潛昔此過, 凄風陰雨發爲歌.[125] 年年往役臣今

---

123 羅李: 羅德憲·李廓을 말한다.

124 祖:『西槎詩集』에는 '朝'를 '祖'로 수정하고 있다. 聖祖는 孝宗을 말한다.

到, 敢說嚴程積雪多.

「太子河」

荊卿[126]事敗走遼東, 太子河流恨不窮. 倘築黃金[127]延國
士, 秦葭移植薊邱中.

「憶長城」

蒙恬[128]應絶地天通, 誰溗長城蔭室中. 口外奚王千百
帳, 不曾看與折樊同.

125 凄……歌: 青石嶺歌 또는 陰雨胡風曲이라 불린다. "青石嶺已過兮, 草河溝
何處兮. 胡風凄復冷兮, 陰雨亦何事. 誰畵其形象, 獻之金殿裏?"
126 荊卿: 荊軻를 말한다.
127 黃金: 黃金臺를 말한다.
128 蒙恬: 秦나라의 장군으로 30만 대군을 거느리고 오르도스를 원정하고, 臨
洮부터 遼東까지 만리장성을 축성하였다. 진시황이 죽은 이후 승상 李斯
와 환관 趙高의 모함으로 죽음을 당하였다.

「遼野」

　將爲夷曠險崎經，　漸近遼東響鐸鈴．　河闊燕丹名太子，
天寒鶴白姓仙丁．塔身高樹量圭景，斗柄空麗倚蓋形．今
夜知應中野宿，吾生自信任浮萍．

　從古中原利用車，　　聖人遺智未曾踈．　　三材卽具冬官
記，[129] 久補周公熟[130]爛書．

　北地將車[131]似操艘，　遼東天野界容毫．　長鞭直竪高如
棹，怒馬爭奔八月濤．

　行人尙說古雄關，　車馬由來到此艱．　雪白三兮如掌野，
螺靑萬斛似拳山．世情曾試酸醶外，生意猶昏菽麥間．妻
女不知形役苦，明明好好發財還．[132]〔連山關韻〕

　敞界堪容一歠豪，　勾弦測塔勢難高．　代駒放牧騰風鬣，
海隼飛過跕雪毫．北極辨方低在屋，東暉浴土漲如濤．幅
員本屬吾邦舊，史志何須考據勞．

129　冬官記：『周禮』，「冬官考工記」를 말한다.

130　熟：저본에는 '孰'으로 되어 있는데 『西槎詩集』을 참고하여 수정하였다.

131　車：『西槎詩集』에는 '軍'으로 되어 있다.

132　行……還：저본에는 누락되어 있는데 『西槎詩集』을 참고하여 보충하였다.

「初五日，宿十里河堡.」

野如無際彼，生恨有涯吾. 畝正馳[133]宜盖，天穹覆似[134]
盂. 鮮人誠見局，遼國果名符. 及日田中宿，間間入貢圖.

「遼東行」

三韓使者能掌故， 上車北首幽燕路. 曾是不意踰險崎，
敢自有身辭風露. 自從離發柳條邊， 凡閱四朝與五暮. 亂
峰環合鴉鶻關， 寒波猶咽燕丹[135]渡. 會寧靑石[136]際天高，
氷雪嵯峨成嚴沍. 驟馬兢兢如蜀綱， 午秣王寶[137]快[138]展
步. 平野圓開大局棋，白塔倒矖千匹素. 行行且覓華表壚，
往往參禮金身塑. 從古此野大無涯， 我欲爭雄吟傑句. 深

---

133 馳：『西槎詩集』에는 '弛'를 '馳'로 수정하고 있다.

134 似：『西槎詩集』에는 '如'를 '似'로 수정하고 있다.

135 燕丹：太子河를 말한다.

136 會寧靑石：會寧嶺·靑石嶺을 말한다.

137 王寶：王寶臺를 말한다.

138 快：저본에는 '快'으로 되어 있는데 『西槎詩集』을 참고하여 수정하였다.

思渺說到源窮, 人附於地地何附. 高穹萬古兩彈丸, 金翅
之烏玉毛兔. 何時飛落滿蒼間, 秋蜀田中亟吞吐. 吾行强
半路三千, 野色漫漫隨疾驅. 寒宵滯臥店門燈, 輿史圖志
沿且溯. 堯時青冀舜幽營, 荒服亦貢中邦賦. 燕地入秦郡
縣之, 漢家菟浪相錯迂. 中原鼎峙爭荊州, 問誰竊據<u>公孫
度</u>.[139] 一馬南渡五胡來, 鮮卑索虜[140]其姓慕. 隋唐迭[141]興
屬句驪, 安市城高虯髯[142]怒. 渤海豪傑劍牟岑,[143] 恢復驪
壃斥邊戍. 松漠地奮[144]阿保機,[145] 始營南京城池固. 金源
<u>奇渥</u>[146]視陪都, 塞荒亦有天時遇. 塵氛一掃寰宇明, 數貢
考圖穆東顧. 中前後衛稱定遼, 山海藩蔽嚴拱護. 近事欲
說却依俙, 理難諶處歸氣數. 今年太歲遇庚申, 北望神州

---

139 公孫度 : 후한 말기의 장군으로, 본래 요동의 下吏로 있다가 요동 태수가
되었다. 고구려와 烏桓을 공격해 세력을 떨쳤으며, 190년 요동군을 遼西郡
과 中遼郡 두 개의 군으로 만들고 스스로 遼東侯平州牧이 되었다.

140 虜 : 『西槎詩集』에는 '路'를 '虜'로 수정하고 있다.

141 迭 : 『西槎詩集』에는 '逸'을 '迭'로 수정하고 있다.

142 虯髯 : 虯髯客으로 唐太宗을 말한다.

143 劍牟岑 : 『西槎詩集』에는 '大其姓'으로 되어 있다.

144 松漠地奮 : 『西槎詩集』에는 '斡難河出'로 되어 있다.

145 阿保機 : 耶律阿保機(916~926)를 말하는데, 907년에 거란족을 통일하고
제위에 올라 후에 국호를 遼라고 칭했다.

146 奇渥 : 元나라 황실의 姓氏인 奇渥溫으로, 오랑캐의 황제를 말한다.

迷烟霧. 蟹子紛紜擾南雲, 番舶嵬峩乘海颶. 皇駕北狩避
暑庄, 一切軍機聽額駙.[147] 赭燄宮垣及殿樓,[148] 白日都城
閉市舖. 我時銜命過遼陽, 國書隨身輕遠赴. 書生踈迂何
足論, 雋傑方能識時務. 魯人還復汶陽田, 春秋義之紛疏
注. 侯景河南十六州, 蕭梁納之非計誤. 濰州還送悉怛謀,
唐史遺恨牛僧孺. 參玅今昔善運籌, 惟恃廊廟時宜措. 杜
牧談兵稱罪言, 相如難蜀思善喩. 乘機決策在利安, 臨難
揲筮无憂懼. 自詡奇偉古人侔, 復恐流播時輩忤. 我所思
兮乙支公,[149] 英風雄略勞寐寤. 又思高麗尹侍中,[150] 先
春[151]恢拓威信布. 金公[152]闢地不咸山,[153] 崔相[154]受降李
滿住. 如令數公値此時, 辦此何啻擧一羽. 遂看大野歸幅
員, 更使驍男應選募. 士女嬉遊晏閭閻, 金帛充牣椿府庫.
忠信甲胄禮義干, 文事武備無不具. 當爲天下莫强邦, 隣

---

147 額駙 : 僧格林沁을 말한다.

148 樓 : 『西槎詩集』에는 '樓'를 '樓'로 수정하고 있다.

149 乙支公 : 乙支文德을 말한다.

150 尹侍中 : 尹瓘을 말한다.

151 先春 : 先春嶺을 말한다.

152 金公 : 金宗瑞를 말한다.

153 不咸山 : 白頭山을 말한다.

154 崔相 : 崔潤德을 말한다.

國聞之咸懾怖. 九合一戰桓文師, 夏盟登壇整冠屨. 程朱
道學光中天, 洗滌邪敎時雨澍. 西極歸化化人來, 盡棄其
學端嚮趣. 各受一廛爲聖氓, 莫將奇技相爭妬. 王者取法
必於吾, 萬世東方流澤祚. 心行天地內一周, 神馬尻輪駿
四鶩. 下視遼野何衍夷, 天際點綴扶桑樹. 人間眞有廣漠
鄕, 漆園老吏言非寓.

茫然陸海渺然吾, 影限濛濛卻有無. 山勢龍蜒長白界,
天涯鶻沒契丹都. 麗人尙笑貞觀史, 燕地應饒督亢圖. 到
處村夫迷向背, 任便居住設門舖.

「瀋陽」

瀋野漫漫瀋水長, 朝鮮館外踏嚴霜. 變風氣數微陽
伏,[155] 弱國君臣大義章. <u>重耳</u>[156]艱難天啓聖, 完顏遷徙地
開荒. 斷烟衰草西門路, 欲吊忠魂往蹟茫.

粉郭層譙畫裡尋, 市廛金碧眼森森. 香塵帷雨[157]連街

---

155 伏: 저본에는 '仗'으로 되어 있는데 『西樵詩集』을 참고하여 수정하였다.
156 重耳: 春秋時代 晉文公을 말한다.

色, 白日車雷碾地音. 子弟百年甘豢養, 女眞一霸聘[158]雄
心. 冷山今作繁華境, 暗淚潛霑[159]志士襟.

「大方身, 次劉秀才桂芳韻以贈.」

尤西堂[160]謂吾東士, 硾紙狼毫漢字眞. 今日大方家藻
鑑, 自慙文墨玷爲塵.

「又次劉玉山韻以贈」

驅車遼野四茫然, 到此論心豈各天. 箕子遺[161]民遵禮

157 雨: 저본에는 '南'으로 되어 있는데 『西槎詩集』을 참고하여 수정하였다.

158 聘: 『西槎詩集』에는 '騁'으로 되어 있다.

159 霑: 『西槎詩集』에는 '沾'으로 되어 있다.

160 尤西堂: 尤侗(1618~1704). 자는 同人, 호는 悔庵·西堂老人. 1679년 박학
홍사과에 올라 檢討가 되어 『明史』편찬에 참여하였다. 詩詞와 고문에 모
두 능하고 변려문과 희곡에도 뛰어났다. 저서로 『西堂雜俎』·『艮齋雜記』
등이 있다.

161 遺: 『西槎詩集』에는 '舊'로 되어 있다.

義, 藩人未可薄朝鮮.

「新民屯道中〔十二月初八日〕[162]」

地似棋枰覆蓋天, 古人笨說亦依然. 中原風雪盤鵰外,
大氏山川駕牡前. 實境曉看茆店月, 奇遊老辦薊門煙. 詩
家芥納須彌法, 遼野圓成一小篇.
　新民屯或舊民存, 閭井繁華自一村. 介在夏蒙歸古塔,
劣於遼瀋勝邊門. 黑龍兵退河南戰, 白馬人傳洌上言. 可
訝周黎風俗別, 無椓屋底作晨昏.〔次三行人韻〕

「大黃旗堡」

西風落日大黃旗,〔堡名〕 戰地行吟出塞詩. 閣部嘵嘵眞
誤國, 長城額額自摧籬. 蕩平一舉今何似, 姑息三年不可

期. 弱國金繪無遠策, 寒天于役涕空滋.

自到神州足藝談, 山川謠俗舊曾諳. 熊袁[163]戰地中前後, 燕薊行人上副三. 縞帶絎衣歸錦緞, 紅絨抹額笑冠簪. 遠遊日日詩兼記, 陸放翁[164]如入劍南.

「月峰山」

上帝高居悶野脩, 喚來明月落爲邱. 方輿厚載容群彙, 一局中窿御萬區. 滄海銀濤連碣石, 醫閭玉氣鎮幽州. 供人登頓忘行役, 今古風烟入攬收.

「早發小黑山」

百六十爲一吊文, 麗泉牟兩統三分. 刀錐競利東西客, 散似晨星聚似雲.

---

163 熊袁: 熊廷弼·袁崇煥을 말한다.
164 陸放翁: 陸游을 말한다.

無茅無瓦土全封, 屋脊微彎制似弓. 一歲晴多陰雨少,
不妨時住漏天中.

始見醫閭天半¹⁶⁵浮, 橫障渤海漠南流. 長城大野三韓
使, 歲暮來爲上國遊.

歐陽¹⁶⁶門下嫡傳文, 閱到梅公¹⁶⁷〔名曾亮.〕幾派分. 記得
經臺¹⁶⁸臨別語, 怊然回首海東雲.

八旗雄勇覓侯封, 手把長矛臂勁弓. 暮入錦州擒好漢,
行人無恐道途中.

車轂轟轟地軸浮, 南珍北貨沛如流. 穿蹄負重東人俗,
請作中原一度遊.

---

165 半 : 『西樵詩集』에는 '畔'으로 되어 있다.

166 歐陽 : 歐陽脩를 말한다.

167 梅公 : 梅曾亮(1786~1856). 자는 伯言, 江蘇上元人. 姚鼐를 사사하여 후기
桐城學派의 대표 인물이다.

168 經臺 : 金尙鉉(1811~1890). 본관은 光山, 자는 渭師, 호는 經臺·魯軒, 시
호는 文獻. 1859년(철종10) 문과에 급제하여, 벼슬은 우참찬·좌참찬·판돈
녕부사 등을 역임했다. 저서로 『經臺詩略』·『經臺詩存』 등이 있다.

「宿十三山，次書狀韻.」

第一關前百戰場，十三山路走雙陽．駝[169]羊同牧夏承
德，〔杏山之役，承德內應歸降.〕猿鶴猶悲何可剛.〔以袁崇煥褊
裨，戰死大凌河.〕剩有黑風吹海外，不堪紅日下河傍．征輪
莫駐飄蓬轉，幽薊行人秖自忙．

「杏山碑」[170]

玄氷河吼蛟龍怒，紅日山淪鳥雀癡．二百年來松杏路，
東人揮淚滿人碑．

「十三山觀日出，用前韻.」

誰蹴紅毬滾一場，騰空天馬馭馮陽．升如大武何遲久，

---

169 駝: 저본에는 '紽'로 되어 있는데 『西槎詩集』을 참고하여 수정하였다.
170 杏山碑: 『西槎詩集』에는 「山海關歌」 뒤에 수록되어 있는데 '此當在十三
     山詩上'이 기록되어 있다.

麗在重乾自健剛. 雀躍鴻濛淸影限, 鷄鳴鰈域靄雲傍. 千秋未了英雄事, 總[171]恨機梭織得忙.

「次副使[172]大凌河韻」

氷沍還疑咽不流, 大凌河上吊楊劉.[173] 至今猶恨紅旗督, 未遣行師吉日諏.

「十五日, 發中後所, 宿中前所.」

中前中後古時關, 韓客長歌[174]行路難. 東望海雲迷鷰帆, 北風邊雪擁駝鞍. 秦城界夏[175]頻看近, 遼野經冬一意寬. 誰識蕢開編水泊, 又敎豪傑此村殘.〔中後村, 今夏經響馬

---

171 總: 『西槎詩集』에는 '摠'으로 되어 있다.

172 副使: 徐衡淳을 말한다.

173 楊劉: 楊鎬·劉綎을 말한다.

174 歌: 『西槎詩集』에는 '謌'로 되어 있다.

175 夏: 저본에는 '河'로 되어 있는데 『西槎詩集』을 참고하여 수정하였다.

之警, 比前蕭殘云.[176]〕

　秦始城連徐達關,[177]　中原常慮禦戎難.　虹邊巨石回驅
策, 鶻外長山落據鞍.　島弁毛家[178]開鎭小, 奚王牙帳古荒
寬.　運衰不暇它人壞, 手撤藩籬角距殘.

「姜女廟」

　已頹秦堞[179]尙遺祠,　千古綱常一刹悲.　遼水流長芳珥
蹟, 巫山喚盡黛眉姿.　藁砧永斷刀頭怨, 蘚石時捫屐齒思.
僕本恨人同恨婦, 天涯望美涕濟[180]滋.

176　比……云: 『西槎詩集』에는 '比前蕭殘尤甚云.'으로 되어 있다.

177　徐達關: 中山王 徐達이 구축한 山海關을 말한다.

178　島弁毛家: 東江鎭의 毛文龍을 말한다.

179　秦堞: 萬里長城을 말한다.

180　濟: 저본에는 '瀞'으로 되어 있는데 『西槎詩集』을 참고하여 수정하였다.

「山海關」

朝鮮使者老書生, 石闕嶙峋口裏情. 鰲背拄空餘禹碣,
虹身垂海補秦城. 乘槎夢斷朝天影, 拔劍歌長斫地聲. 開
國宗臣籌略盡, 潮頭萬馬氣難平.

燕都事熟面猶生, 絶少相知獨有情. 傳裡神交皆俠藪,
胸中意設此長城. 白粉[181]鬚髮方開眼, 墨守牙唇未變聲.
聞說亂離如往牒, 重懷君子國昇平.

「望海亭」

地與長城盡, 樓臨滄海高. 水天一鴻洞, 夷夏迭雄豪.
蠻鬼窺深泊, 龍神賽怒濤. 五重關謾設, 辛苦土墻勞.

---

181 粉: 『西槎詩集』에는 '紛'으로 되어 있다.

「山海關歌」[182]

請君且駐山海車，聽我山海歌數章．額額[183]長城天下壯，問誰作者中山王．二百年間固局鑰，九邊居一爲金湯．萬曆[184]末運東事始，　已矣難起李成樑．文武才略楊經理，[185]征倭餘烈威邊疆．紅旗日發[186]無奈何，犀甲吳戈哀國殤．啓禎以來邊告棘，建馬南牧遼之陽．熊公[187]受任敗軍際，疾馳赴關斬逃亡．守備大固指揮定，飛鳥不越列械墻．經撫失和誤事機，六萬蕩平言何狂．[188]五虎[189]噉人媚奄豎，[190]楊左諸公[191]豈貪贓．平臺推轂袁崇煥，英歲眞負

182　山海關歌：저본에는 '山海關'으로 되어 있는데 『西槎詩集』을 참고하여 수정하였다.

183　額額：『西槎詩集』에는 '頟頟'으로 되어 있다.

184　曆：『西槎詩集』에는 '歷'으로 되어 있다.

185　楊經理：楊鎬를 말한다.

186　發：저본에는 '祭'로 되어 있는데 『西槎詩集』을 참고하여 수정하였다.

187　熊公：熊廷弼을 말한다.

188　經撫・何狂：熊廷弼과 王化貞의 불화로 육만의 군사가 전멸하여 요동을 빼앗긴 일을 말하는데, 「關外記」에 상세하다.

189　五虎：明末 문신 崔呈秀・田吉・吳淳夫・李夔龍・倪文煥을 말한다.

190　奄豎：明末 宦官 魏忠賢을 말한다.

191　楊左諸公：明末 楊漣・左光斗를 말한다.

干城望. 五年指爲勦平限, 二部調兵兼督糧. 紅夷大砲震天地, 寧遠歸騎勞酒羊.[192] 千里赴援功反罪, 藁街碧血摧剛腸. 嗚呼從此大事去, 四十九相徒慌張. 人耶鬼耶洪承疇, 戰敗云死憾先皇. 祖家赫舃四世閥, 石牌愧負恩誥煌. 千古了案吳三桂, 拒虎無術嗟進狼. 先帝陪臣朝鮮使, 日暮途[193]遠來彷徨. 昨夕大小凌河上, 今朝松杏山堡傍. 愁雲凄[194]雨古渡口, 猿鶴蟲沙餘戰場. 昔年讀史淚如豆, 驗之於目尤嗟傷. 一重一掩吾肺腑, 五疊關邃嚴限防. 第一門扁[195]蕭顯筆, 祥靄之額臨扶桑[196].〔第二門扁曰祥靄扶桑.[197]〕夾街閭井列市廛, 珍貨湊集民阜昌. 人和爲上地利祥靄扶桑,[198] 大盜入室如揭囊. 內訌外潰城莫保, 運去自壞猶未遑. 望海亭下浪淘沙, 興亡石火英雄忙.

192 平……羊: 영원성에서 원숭환이 홍이포로 누루하치를 무찌른 일은 「登寧遠城樓記」에 상세하다.

193 途: 『西樵詩集』에는 ‘道’로 되어 있다.

194 凄: 『西樵詩集』에는 ‘悽’로 되어 있다.

195 扁: 저본에는 ‘扃’으로 되어 있는데 『西樵詩集』을 참고하여 수정하였다.

196 扶桑: 『西樵詩集』에는 ‘榑桑’으로 되어 있다.

197 祥靄扶桑: 『西樵詩集』에는 ‘祥靄榑桑’으로 되어 있다.

198 人……次: 『孟子』, 「公孫丑下」. “天時不如地利, 地利不如人和.”

「永平府登明遠樓」

城東初日射頹霞，　異地登樓客意遲. 鍾子[199]操音猶舊
土, 仲宣[200]能賦自名家. 天留野樹依微月，雪勒關山冷豔
花. 故李將軍[201]重不到, 石[202]顚苔髮謾成華.

「夷齊廟」

古里傳孤竹, 空山薦採薇. 三仁[203]元異跡, 二老[204]不同
歸.

199　鍾子：鍾子期를 말한다.

200　仲宣：王粲을 말한다.

201　李將軍：李廣을 말한다.

202　石：射虎石을 말한다.

203　三仁：殷나라 末期의 微子·箕子·比干을 말한다.

204　二老：姜太公·伯夷를 말한다.

「榛子店」

浣壁痕如洗宿粧, 灤西河水濺帷裳. 鞭絲帽影長橋路,
大有心人幾夕陽.

江右佳人嫁八旗, 春風和淚墨痕滋. 灤西有店名榛子,
洌上傳詩譜竹枝. 鴉鬢金蟬非舊態, 烏孫黃鵠至今悲. 中
州才子還寥寂, 讓我來尋幼婦碑.

「豐潤縣學, 觀古牛鼎象尊.」

博雅宣和圖,[205] 鼎彝紛古觀. 饕餮與虎蜼, 款識第天斡.
卒史典禮器, 廟碑傳盛瓬. 豈止曲阜履, 留爲後人讚. 金
石無絶學, 東士久增歎. 急就愧史游, 書斷思懷瓘.〔黃門令
史游著急就章, 張懷瓘作書斷.〕從役過陳宮, 還河氷未泮.〔陳
宮山, 豐潤縣之山, 繞還鄉河.〕粵瞻縣城南, 橋水依芹頖. 齋
沐見魯叟, 助敎延升館.〔助敎學官李嘉勳, 時在館, 其子名增
光.〕堂榮旅兩器, 入目倏驚愡. 古製森光氣, 莊邀且觀盥.

---

205 宣和圖 : 『宣和奉使高麗圖經』을 말한다.

一供大享具，口實簜姬象．三足揭犧狀，兩鉉受扃貫．一
處壺卣間，中有黃流灌．鼻垂吻不²⁰⁶露，腹寬背仍鑽．銅
是吉金鑄，瓷若靑玉瓓．形色葆古初，容量疏全半．試問
何代物，掌攷玆可按．金源號大定，膠序創輪奐．〔縣學創在
金大定年間．〕土功命鑿畚，獲諸畎壟畔．岐碣顯仙李，泗寶
瑞皇漢．石殘鴻都邕，〔用蔡邕石經事．〕金躍龍泉煥．〔雷煥〕
興學際用夏，舍菜薦衍衍．陳列兩楹間，儼爲諸器冠．珠
斗格馨香，氣像緬恟侃．廟璉與賜讓，堂瑟哂由唥．春秋
簡元辰，虔肅供薦祼．尊兮酒和鬯，鼎也香爇炭．〔以鼎作
鑪²⁰⁷云．〕細睼雲雷文，依微辨沺灘．趰趲與窺軨，蝌蚪小
篆換．〔趰趲，石鼓文．窺軨，嶧山碑．〕辟如魯漆簡，先孔今文
看．〔孔安國得古文尙書，以今文讀之．〕晚生瞇眊甚，年壽渺難
筭．遼地久淪沒，幾度經喪亂．禮樂无可徵，章甫抱器散．
牛象兩神物，遭厄難逃逭．可挈非瓶壺，欲飛無羽翰．深
深土壤裡，瑰怪積羊竄．氣類或相感，沉晦猶相伴．縱然
離豆房，幸免渾埴鍛．出世亦有時，爲登夫子案．若稽制
作初，想見文物燦．荒哉渾酪俗，詎識籩簋爛．甘棠舊壇

---

206 不：『西槎詩集』에는 '小'로 되어 있다.

207 鑪：『西槎詩集』에는 '爐'로 되어 있다.

域, 孤竹亦里開. 箕聖白馬行, 昔應遵彼岸. 此器出是邦, 我欲三代斷.

「宋家庄」

奄人圖貴倉琅開, 邊將無謀樓櫓摧. 東使長悲明社屋, 西風獨上宋家臺. 抗分秦蜀懷淸老, 閱到陳隋洗氏哀. 海內又當雲擾日, 荒城敗壘謾徘徊.

「研秋齋文讌, 以海內存知己天涯若比鄰[208]分韻.」[209]

研秋, 董翰林文煥齋名. 會者董雲舫麟·王霞擧軒·馮魯川志沂·許慕魯宗衡·黃驤雲雲鵠·王少鶴拯·朝鮮申錫愚.[210]徐衡淳·趙雲周.

---

208 海……隣: 王勃, 「送杜少府之任蜀州」. "海內存知己, 天涯若比隣."

209 研……韻: 『西樵詩集』에는 작품 앞에 '析木旋軫帖'으로 되어 있다. 析木은 幽燕을 말한다.

210 申錫愚: 저본에는 '申□□'로 되어 있는데 『西樵詩集』을 참고하여 보충하

莽蒼榑桑[211]域, 素隸東服地. 棋僧待漢詔,〔許渾送人歸新
羅詩曰: 棋僧入漢多.〕 賓士赴唐試.〔三國及高麗時, 東士多擧中
國科第.〕 畫傳行看子,〔樓鑰題高麗行看子詩序曰: 高麗賈人, 以
韓幹馬質於人, 題曰行看子.〕 詩愛長慶字.[212]〔雞林宰相喜讀白香
山集.〕 我愧王司空, 勁翮刷童穉. 遲暮從使役, 踽旅未舒
意. 摸索得名流, 拔連感氣類. 頭約八詠樓,[213] 仙寮讓座
位. 全別慘綠士, 譚藝饒淸致. 移席香光室, 聽講玉杯義.
二惠洵競爽, 諸賢盡秀異. 泱泱大國風, 能容韓使醉. 時
聞哄堂笑, 耽見臨池戲. 興豪聿代塵, 縱言無不至. 學眩
芸臺編,〔阮元有經解.〕 憂殷嘿深誌.〔魏源, 字嘿深, 著『海國圖
志』.〕 爲言聖人學,〔自此止霜露墜, 述座中名士語.〕 究當寰瀛
被. 其書名亞孟, 祇不及洙泗. 知尊中夏尊, 性譎頗有智.
革心化美俗, 厥機應此自. 吾道溥甌羅, 獨非霜露墜. 斯
語縱有理, 實爲乖余志. 先王禦夷[214]策, 德威俾懷愓. 羈
彼聽約款, 望渠趍倫懿. 從違任疇幻, 蟠否與伸利. 小國

였다.

211 榑桑: 扶桑을 말한다.

212 長慶字: 白居易의 『白氏長慶集』을 말한다.

213 八詠樓: 심병성의 서재를 가리킨다.

214 夷: 『西槎詩集』에는 '戎'으로 되어 있다.

依大邦, 念此增憂悸. 風氣近要荒, 星野稱鄰比. 室婁秪
自恤, 家臣寧敢[215]議. 闢邪衛正學, 豈非君子事.

「書與沈仲復」[216]

吾東之士, 與日下名士交, 固大快也, 日下之士, 亦以
與吾人遊, 爲稀有之樂, 必兩相歡也. 然不可無緣相遘,
或引重良介, 容蟠求進, 或夙欽華譽, 馳風投刺, 未有若
余之於沈仲復. 余八都, 棄地碾雷, 人海漲埃, 立於書舖,
衣帽言語絶不同, 過之者顧而訝之, 閱其過者見而泯焉.
忽遇一士, 余不期然而揖, 士亦欣然迎揖, 遂定金石交,
士是仲復也. 豈非心同理同, 聲氣相感之玅耶? 中華名
士, 馳譽海邦, 莫不愛慕欣趨. 然其始闡揚之者, 必有一
人. 若余外王考〔姓金, 諱履度, 號松園, 官禮曹判書.〕之於張水
屋,〔名道渥, 浮山人.〕洪湛軒〔名大容.〕之於嚴鐵橋〔名誠.〕·潘
香祖〔名庭筠.〕·陸篠飮,〔名飛. 三人俱錢塘名士.〕 朴燕巖〔名趾

---

215 敢: 저본에는 '致'로 되어 있는데 『西槎詩集』을 참고하여 수정하였다.

216 書……復: 저본에는 누락되어 있는데 『西槎詩集』을 참고하여 보충하였다.

源.〕之於尹亨山〔名嘉銓.〕·王鵠亭,〔名民皥.〕洪耳溪〔名良浩.〕
之於紀曉嵐,〔名勻,從日.〕朴貞蕤〔名齊家.〕之於李雨村,〔名
調元.〕金秋史〔名正喜.〕之於翁覃溪,〔名方綱.〕是也. 諸名士
未嘗不歲與東士遊, 諸先輩未嘗不偏與他士交, 世之論
者, 必稱之如此. 後之懸想嘿揣者, 疑若當時, 只有此兩
人者, 相遇於壤天間, 握手輸肝, 良以闡揚敿斯士, 權輿
乎斯人也. 從此東國之士, 聞仲復之名, 趨其門將如鶩,
其始闡揚, 余不敢辭, 況識仲復於萬人如海中, 而托平生
之至交者哉? 後之論交者, 像想吾兩人, 相遇於書舖中,
一揖便爲知心, 可知交道矣. 辛酉仲春初吉, 朝鮮申錫愚
初草.

「玉河除夕」

異域風燈暎髮輝, 夢如成必向東飛. 鄉心錯莫今何夕,
世事參差昨果非. 日下思君臣獨阻, 天涯別弟我安歸. 迢
迢一漏冬春界,[217] 蛩駏猶欣舊識依.

---

217 界:『西槎詩集』에는 '際'로 되어 있다.

「訪天寧寺，觀勝保[218]留陣．」

元戎出陣禦洋夷，萬幙平沙颴八旗．頭白書生堪一快，
眼看中國戰爭時．

「次沈翰林秉成韻」

東方有三士，銜命觀國光．故宅訪文藻．〔愚[219]與李雨驪相
識，入都，雨驪已歸道山．〕鄰館懷庶常．〔玉河館接近庶常館．[220]〕
夕陽暎都門，孤往暨徜徉．何處萬卷堂，雞林遇子昂．〔高麗
忠宣王朝，元構萬卷堂于蘆溝．雞林君李齊賢，從王與趙子昂·[221]閻
復·姚燧遊．〕仙鶴霜毛整，翩僊下雲鄉．縹緗檢宛〔委〕酉，
〔山〕[222] 鼎彝鑑夏商．廠人亦解韻，奇畜高物樑．游目不離

218　勝保：1821~1863. 자는 允克, 호는 克齋·凱卿, 蘇完瓜爾佳氏, 滿洲鑲白
　　　旗人.

219　愚：申錫愚을 말한다.

220　庶常館：서상관은 옥하관 곁에 있는데, 翰林 庶吉士가 모이는 곳이다. 李
　　　海應, 『薊山紀程』 권3, 「留館」, 1804년 1월 3일, 〈庶常館記〉 참조.

221　趙子昂：趙孟頫를 말한다.

222　宛〔委〕酉〔山〕：宛委山·酉山을 말한다.

書, 神定氣弗勤. 一見便傾倒, 我已心中[223]藏. 選日玉河
飮, 宿約能不忘. 從玆得賞音, 幸免空徊徨. 菲才斯下風,
小埠於高岡.[224] 旣見佳山水, 況識今東陽.〔唐人詩曰: 東陽
本是佳山水, 何況曾經沈隱侯.[225] 今公姓偶與之同, 皇都山水, 豈止
比東陽哉?〕

「次董翰林文煥韻」

少看燕俠傳, 頭白到長城. 星向天文耀, 人占地分清.
論心夷用夏, 譚史宋仍明. 萬里溝婁客, 臨風歎晚生.
　榑桑鄰析木, 分野是燕宮. 河嶽三英舊, 車書萬國同.[226]
宣尼[227]寧陋外, 大舜亦生東. 老種箕疇[228]土, 乘輶采古風.

223　心中 : 『西樵詩集』에는 '中心'으로 되어 있다.

224　岡 : 『西樵詩集』에는 '崗'을 '岡'으로 수정하고 있다.

225　東……侯 : 劉禹錫, 「答東陽于令寒碧圖詩」. "東陽本是佳山水, 何況曾經沈
　　隱侯. 化得邦人解吟詠, 如今縣令亦風流." 참조. 沈隱侯는 沈約(441~513)
　　을 말한다.

226　車……同 : 『中庸章句』. "今天下, 車同軌, 書同文, 行同倫."

227　宣尼 : 孔子를 말한다.

228　箕疇 : 箕子의 「洪範九疇」를 말한다.

感激中華士, 瓊琚互贈[229]投. 東陽留勝約, 元宰果名流. 使役從鯤域, 文章見鳳樓. 苔岑[230]無遠近, 托契永綢繆.

「西山圓明園海淀, 被洋夷燒燼, 往見感題.」[231]

離宮樓殿劫灰飜, 滿目黍階照赭垣. 細柳新蒲春濺淚, 江頭猶見鎖千門.

「辛酉二月初六日, 發北京城, 宿通州.」

潞河新解綠, 春水亦流東. 知是鄉國[232]裡, 先吹劈柳風.

---

229 贈: 『西槎詩集』에는 ‘相’으로 되어 있다.

230 苔岑: 朋友. 郭璞, 「贈溫嶠詩」. “及余臭味, 異苔同岑.”

231 西……題: 『西槎詩集』에는 ‘十七日, 午炊沙河所, 宿寧遠城. 行中人多說異 聞, 戱題.’ 뒤에 수록되어 있는데 ‘此詩當在上’을 기록하고 있다.

232 國: 『西槎詩集』에는 ‘園’으로 되어 있다.

「初七日，午炊燕郊，宿棗林庄．」

小雨如酥草色春，輕塵不起柳條新．方今四海干戈擾，
好好歸爲聖代人．

「初八日，午炊邦均，宿薊州．」[233]

歸策尋新路，人烟滃不知．盤山靑玉嶂，行殿白松枝．
驟鐸喧風店，驢耙[234]及雨時．車中罷殘夢，吟續曉征詩．
〔改路入薊州．〕

---

233 初……州：『西槎詩集』에는 '初八日，改路入薊州.'로 되어 있다.
234 耙：『西槎詩集』에는 '杷'로 되어 있다.

「初九日, 午憩盤[235]山, 宿玉田.」[236]

疲盡津梁退院歸, 夢魂猶向竺山飛. 寂然大耳通他案,
醉劇橫肱襯祖衣. 覺似世[237]人眠倒快, 頑如此子見曾稀.
恨君輕信齊東語,[238] 錯道青蓮[239]臥佛扉.〔咏薊州臥佛寺.〕

「初十日, 午憩沙流河, 宿豐潤縣.」

回程似溫書, 眼熟山與江. 三停二千里, 近關駐麾幢.
迢遆沙河夜, 耿耿挑青釭.[240] 鮮馬恣蹧喊, 鮮卒任喧嚨.
馬也固難馴, 卒乎那免撞. 偏裨老書生, 替忿氣如瀧. 高
聲喚軍隷, 拿彼接頭肛. 喏喏若聽命, 眈眈全不慄. 幕[241]

---

235 盤: 저본에는 '鼇'로 되어 있는데 『西槎詩集』을 참고하여 수정하였다.

236 初……田: 『西槎詩集』에는 '初九日, 憩盤山, 宿玉田, 詠薊州臥佛寺.'로 되
어 있다.

237 世: 『西槎詩集』에는 '老'를 '世'로 수정하고 있다.

238 齊東語: 齊東野語로 믿을 수 없는 황당한 말을 말한다.

239 靑蓮: 靑蓮居士 李白을 말한다.

240 釭: 저본에는 '紅'으로 되어 있는데 『西槎詩集』을 참고하여 수정하였다.

241 幕: 저본에는 '募'로 되어 있는데 『西槎詩集』을 참고하여 수정하였다.

士興忽懶，歸臥炕[242]下牕．細思此輩役，徒恃不借[243]雙．
所爭惟飯椀，其祟應酒缸．叫嚷太無理，何異村吠狵．我
爲渠統帥，驅策入大邦．不能將仁義，塡滿方寸腔．便吾
任其咎，何可事捶[244]搋．如是反復思，睡來我心降．

「十一日，午憩榛子店，宿沙河驛.」

二月輕寒關柳綠，野橋回塘飛屬玉．途中節物近清明，
粔籹青紅思鄉俗．歸裝不載一車渠，名士情贈如筍束．連
篇累牘記吾亭，亭惡乎在琴泉曲．琴泉之水清且漪，盍歸
兮可漱可浴．

---

242 炕：저본에는 '坑'으로 되어 있는데 『西樵詩集』을 참고하여 수정하였다.
243 借：저본에는 '惜'으로 되어 있는데 『西樵詩集』을 참고하여 수정하였다.
244 捶：저본에는 '搖'로 되어 있는데 『西樵詩集』을 참고하여 수정하였다.

「十二日, 午憩野鷄屯, 宿永平府.」

利竣中原役, 歸輪碾豔陽. 風濤滄海濶, 烟樹薊州長.
王事臣憑寵, 賓儀國用光. 碣石浮雲色, 扶桑出日方. 夢
華迷紫翠, 越莽劇蒼黃. 叔世餘高韻, 文筵集衆芳. 名公
如岱斗, 佳士自齊梁. 遺緒河南室, 宗儒衍聖堂. 雅談塵
滿塵, 豪興墨霑裳. 畢景操毫管, 連朝醉羽觴. 停車探古
董, 游肆挹書香. 駿骨逢燕市, 鱸魚話浙鄉. 休言殊帽服,
知是一心腸. 絶藝董思白,²⁴⁵ 英才馮野王.²⁴⁶ 聯吟分授簡,
諧謔爛成章. 此樂應稀有, 良緣詎可忘. 天寧丹葶早, 宣
武白旗央. 書記論新契, 戎韜入細量. 都民回鳥竄, 元帥
效鷹揚. 執檛金瓶壘, 投戈筆陣行. 故山君志遠, 芳草我
歸當. 信路隨齊馬, 臨歧歎穀羊. 海山秦堞古, 夷夏塞沙
荒. 紆矚紛昭曠, 回頭轉惻傷. 歸哉成獨往, 嗟爾失于將.
稛載非垂橐,²⁴⁷ 深緘戒括囊. 乘槎懷博望,²⁴⁸ 斫地歎王郎.

---

245 董思白: 본래 董其昌을 말하는데, 여기서는 董文煥을 가리킨다.

246 馮野王: 본래 馮野王을 말하는데, 여기서는 馮志沂를 가리킨다.

247 稛……橐:『國語』, 「齊語」, "諸侯之使, 垂橐而入, 稛載而歸.":韓愈, 「答竇
秀才書」, "錢財不足以賄左右之匱急, 文章不足以發足下之事業, 稛載而往,
垂橐而歸."

衣帶馨蘭茝, 肝脾辣桂薑. 神遊魚千里, 歸陣雁三湘. 白日彈棋朴, 孤雲<u>孤雲</u>[249]草檄唐. 臨風傾素慕, 宿露備艱嘗. 追憶菭岑會,[250] 猶憐石火忙. 悲歌思漸[251]筑, 古蹟吊邱篁. 郊墅甘泉食, 王城愧海藏. 貝琛遺晚計, 金石賁行裝. 鼓頌史臣籀, 鼎文多父商. 雲雷長瀲氣, 虹月夜呈祥. 共賞將聯棣, 那經舊懇棠. 香爐携手約, 風珮對眠床. 滿說燕丹國, 曾游翰墨場. 橫陳參縞綧, 次第列縹緗. 情贈流函夏, 神交到樂浪. 春驪[252]悲舊誼, 水屋[253]證[254]清狂. 總寫香茶字, 分黏伯仲房. 關雞爭膊膔, 店燭獨恓惶. 異地身方滯, 千山夢欲翔. 家書黃耳阻, 原牡白題彭. 泰運回東陸, 清明近北邙. 逍遙憂畏際, 談笑亂離傍. 達觀都無慮, 高眠也不妨.

---

248 博望: 博望侯 張騫을 말한다.

249 孤雲: 崔致遠을 말한다.

250 會: 『西槎詩集』에는 '懷'를 '會'로 수정하고 있다.

251 漸: 高漸離를 말한다.

252 春驪: 雨驪 李伯衡을 말한다.

253 水屋: 水屋 張道渥을 말한다.

254 證: 『西槎詩集』에는 '訂'으로 되어 있다.

「十三日, 午憩雙望堡, 宿撫寧縣.」

群籍中區志性頤, 平生俯讀仰而思. 英雄功烈殫旁魄,
灝噩文章恣上窺. 久認名山同肺腑, 妄希游俠見鬚眉. 屢
經華夏支離劫, 倏到春秋老大時. 衰殼都緣王事策, 征蹄
遠帶國書馳. 醫閭迤邐橫天畔, 溟渤蒼茫界地涯. 馹騭²⁵⁵
戎居秦板屋, 鯨池灰動漢旌旗. 身從日域朝宗路, 口誦風
泉杼柚詩. 石柱擎天雙闕迥, 煤山依舊一亭危. 穹蒼底事
遏終命, 禮俗居然變用夷. 竺髮受朝皇極殿, 番書題版聖
人祠. 摧薪花木群菌鬧, 灑麥園陵百辟飢. 服術舊編抛不
用, 禮容諸子選無儀. 三王鍾鼎覃精攷, 四庫編摩到老欺.
雜進鄭聲迷雅譜, 工追宋學合時宜. 倫綱條貫叙誰賴, 性
理源²⁵⁶流坐不知. 從古名途爭慕蟻, 胡爲遠路獨憐夔. 玆
行况値中衰運, 壯觀全違夙昔期. 北極客星空犯斗, 中原
時事正交棋. 抱書歸隱琴泉上, 溫習前知課穉兒.

255　騭: 『西槎詩集』에는 '鐵'로 되어 있다.
256　源: 저본에는 '流'로 되어 있는데 『西槎詩集』을 참고하여 수정하였다.

「十四日, 午憩深河驛, 宿紅花店.」

蒙氏城[257]連胡羯村, 嘯聲長在上東門. 百年宗國袁熊[258]死, 萬里關河鐵馬喧. 休道進狼撤藩蔽, 已看飛燕啄倉根. 興亡今古潸潸淚, 留灑燕南俠士樽.

「十五日, 午憩八里堡, 宿中前所.」

人喜秦雞脫關危, 我似梁鴻過關噫. 男兒旣入中國界, 又値如此雲擾時. 未能夬復丙丁[259]耻, 決勝身爲帝子師. 下之不妨作越尉,[260] 盡失亦足如龜茲.[261] 千載好機都不採,[262] 早行發回頗幸之. 銀兩緞匹較多少, 兌換玄螺與筆枝. 急急收裝上車卜, 倍道兼程日東馳. 常若背後捕將至,

---

257 蒙氏城 : 蒙恬이 구축한 萬里長城을 말한다.

258 袁熊 : 袁崇煥・熊廷弼을 말한다.

259 丙丁 : 丙子・丁卯胡亂을 말한다.

260 越尉 : 南越의 尉佗를 말한다.

261 龜茲 : 西域의 龜茲國을 말한다.

262 採 : 『西槎詩集』에는 '保'로 되어 있다.

僕隸喘汗騰怨咨. 爭道乃今得出死, 店坊團坐酌賀卮. 未
免隨君聊復爾, 好把餘生守房帷.

「十六日, 午憩滿井堡, 宿中後所.」

二月關河節物佳, 故國[263]長繫旅遊懷. 賣餳街暖鄉音
別, 炊黍廚寒野祭皆. 白棒挑肩行客蓋, 繡弓彎足女娘鞋.
憑軺夬放東歸矚, 天畔醫閭鳳翅排.

「十七日, 午炊沙河所, 宿寧遠城. 行中人多說異
聞, 戲題.」

一夢春紛世亂秋, 聽鍾捫燭日邊遊. 出關又志齊東語,
姓甚英雄打某州.〔傳說椉云, 盜發東北, 打破城池, 盜名地名, 都
不得其詳. 使行之入燕, 聞見錄皆此類也, 誠可笑也.〕

---

263 國：『西槎詩集』에는 ‘圍’으로 되어 있다.

「十八日，午憩連山驛，宿杏山堡．」

祖家兄弟[264]擅雄豪，　雙石簰樓挾路高．　孤堡三年洋海
礆，輕師千里尙方刀．[265] 家聲朔野悲殘草，國恥凌河[266]有
怒濤．駑馬終然思棧豆，敗城荒月照深槽．

「嗚呼島」

長歌望島喚烏烏，　爲是英雄失脚途．　足上士存猶可
王，[267] 面南君昔亦稱孤．惟聞弟不深讎立，忍見兒如素慢
呼．倘就避居仍割與，彈丸痣着漢皇膚．

點墨頭巒減沒烏，　橫來二舍上秦途．　劍鎩五百人之擾，
耒刺三千島也孤．公子古今輿食報，王侯大小豆羹呼．陽
齊陰魯遙憑望，岱岳行雲漫寸膚．[268]

264　祖家兄弟：祖大壽·祖大樂을 말한다.

265　尙方刀：尙方劍을 말한다.

266　凌河：大凌河를 말한다.

267　王：『西槎詩集』에는 '仄'을 '王'으로 수정하고 있다.

268　點……膚：저본에만 수록되어 있다.

「十九日，午憩雙陽店，宿禿老婆店．」[269]

沉沙鐵蒺露纖纖，衰草寒烟颺酒帘．村子寧知當陣角，
胡兒曾是畏鋒尖．飛騰戰伐今都盡，文武英才孰兩兼．十
丈大凌河猂浪，今春無雨不裳沾．

「醫巫閭」

月峰山上望巫閭，蒼翠橫障萬里餘．異産珣玗編爾雅，
肇禋玉幣著虞書．幘溝古域連[270]雄鞈，瑟海長風出牝虛．
秦帝城圍包不盡，翛敎靈淑墮荒墟．

「二十日，午憩二臺子，宿廣寧．」

昊天上帝立君師，所覆寰宇全覆[271]之．黼繡爲衣玉爲

---

269 十……店：『西槎詩集』에는 작품 앞에 '析木旋軫帖'으로 되어 있다.
270 連：『西槎詩集』에는 '聯'으로 되어 있다.

食，豈將安樂其人私．專代裁成輔相化，欲使赤子無寒飢．
神農日中七十毒，帝堯宮殿蔭茅茨．虞舜造器加髤漆，廷
臣諤諤騰諫規．三英以降吾無譏，玉杯象箸堪歎咨．諸夏
德衰不如狄，中國禮失徵之夷．洒眷東顧長白麓，神鵲朱
果禎祥奇．苟能善牧帝所子，珠冕絨帽奚辨爲．儼然入坐
赤道北，九門洞闢羅八旗．其居聖神相繼位，厥責民黎大
命司．天視天聽二百載，但問四方治不治．近聞蒼生起爲
盜，婦子保抱相扶持．此輩豈有別心性，只欲口粒與身絲．
匹女織之百夫衣，八埏難供一人資．如此天下罔不亂，念
之惻惻心內悲．命將出師期勦減，海區魚爛而肉糜．[272] 盜
是皇天不敎子，刑之得無慽至慈．我有要道不煩擾，惟係
號令一轉移．破盡市上琉璃器，願活路傍魑魅兒．

「二十一日，午憩中安堡，宿小黑山．」

小黑山前此夜淸，雞聲晨月夢難成．風光異域當寒食，

271 覆：『西槎詩集』에는 '付'로 되어 있다.
272 糜：『西槎詩集』에는 '糜'를 '靡'로 수정하고 있다.

時事中州似沸羹. 滿篋卷無驢子去, 一函書付鴈奴征. 龍
灣太守應相憶, 纖[273]手金巵待我傾.

「二十二日, 午憩二道井, 宿白旗堡.[274]」

遼西兒女似花嬌, 鴉髻紅衫古製傳. 擺上墻頭嬌笑語,
今春恰意看朝鮮.

「二十三日, 午憩新民屯, 宿孤家子.」

元帥行邊大點兵, 春閨少婦不勝情. 遼西一夜無窮淚,
不待天明盡北征.

---

273 纖: 저본에는 '攝'으로 되어 있는데 『西樵詩集』을 참고하여 수정하였다.
274 宿白旗堡: 저본과 『西樵詩集』에는 '白旗堡宿'으로 되어 있는데 일반적인
   용례에 근거하여 수정하였다.

「二十四日, 午憩大邦身, 宿瀋陽.」

名流不獨在燕中, 君亦文豪與筆雄. 故國歸人江草綠,
上都時事鑲旗紅. 驛亭相遝言旋別, 衣帽雖殊志則同. 箕
子舊民尊禮義, 瀋陽未可薄吾東.〔贈大方身劉蕙芳·劉玉山〕[275]
　使節經年返, 氷溪解綠油. 雄虹橋影轉, 乳鴨鏡紋浮.
夜雨分牛脊, 春泥上馬頭. 盡穿遼野度, 行役儘悠悠.

「二十五日, 午憩白塔堡, 宿十里河.」

東風暄㲉減征衣, 十月行人二月歸. 歷盡遼陽一千里,
却于寒食雨霏微.

275　名……山 : 저본에는 누락되어 있는데 『西槎詩集』을 참고하여 보충하였다.
'箕子舊民尊禮義, 瀋陽未可薄吾東.'은 「又次劉玉山韻以贈」에도 나오는 내
용이다.

「二十六日, 午憩²⁷⁶爛泥堡, 遇別使²⁷⁷叙話旋別, 宿迎水寺. 是日得國家太平之報, 欣忭曷勝, 仍次趙<u>鄗南</u>²⁷⁸韻.」

幽薊于今號畏途, 遠遊猶喜伯兮俱. 戲而不謔溫其玉,〔余於醉後, 時以戲語侵凌伯氏, 而伯氏以莊語責之, 余笑而受之, 終始不失其和氣.〕詩輒相聯貫若珠. 魚肚勸餐情轉到, 馬蹄寒食節云徂. 翩僊韓使金花帽, 爲報升平²⁷⁹出日隅.〔尤西堂朝鮮竹枝, '紗帽版袍春入貢, 海隅出日最升平.'²⁸⁰ 金花帽, 見<u>李白</u>高麗詩.²⁸¹〕

276　憩:『西槎詩集』에는 '炊'로 되어 있다.

277　別使: 瀋陽問安使를 말한다.

278　趙鄗南: 趙雲漢을 말한다.『西槎詩集』에는 '郭'을 '鄗'로 수정하고 있다.

279　升平:『西槎詩集』에는 '昇平'으로 되어 있다.

280　紗……平: 李紱,『穆堂集』, 「庚寅元朝早朝詩」, "朝鮮內屬來王久, 肯怪衣冠太俗生. 紗帽版袍春入貢, 海隅日出最昇平." 李德懋,『青莊館全書』권34, 「清脾錄」 四, 〈李穆堂庚寅元朝〉; 朴趾源,『熱河日記』, 「避暑錄」 참조.

281　金……詩: 李白, 「高句驪」, "金花折風帽, 白馬小遲回. 翩翩舞廣袖, 似鳥海東來."

「爛泥堡, 午逢別使贈別.」[282]

同君淪落坐孤恩, 圖報何容揀八門. 使節持回柳條柵,
國書馳入木蘭[283]藩. 終能蹈險曾非意, 爲是臨歧不盡言.
好仗王靈應利涉, 莫驚風鶴漫山喧.〔贈別使上价[284]〕

一來一去此中州, 薊地遼天爲暫留. 老屋驂談青剪燭,
長城從役白紛頭. 論文士識潘南望, 繩武人成古北遊. 休
向韓公歎可惜, 由知君子處艱憂.〔贈副价[285]〕

南山小屋老書生, 壯觀奇遊取次成. 鱗介就[286]看香案
吏, 牡車專護柏臺行. 幼聞古市人多俠, 身到中原世用兵.
滿幅離憂曾送我, 轉知艱棘若爲情.〔贈三行人[287]〕

---

282 爛……別：『西槎詩集』에는 '二十三日, 午憩新民屯, 宿孤家子.' 뒤에 수록
되어 있다.

283 木蘭：熱河를 말한다.

284 价：上使 趙徽林을 말한다.

285 副价：副使 朴珪壽를 말한다.

286 就：『西槎詩集』에는 '聚'로 되어 있다.

287 三行人：書狀官 申轍求를 말한다.

「二十七日, 午炊王寶臺, 宿<u>娘子山</u>, 又得家書.」

貞曜之門阮氏途, 由夷入險百艱俱. 縱衰自信剛腸鐵,
已判人疑剖腹珠. 星斗誠懸天北望, 山川眼熟日東徂. 餘
生一部歸田錄, 計在桑楡莫恨隅.

「二十八日, 午炊甛水站, 宿<u>連山關</u>. 歷大小·靑石·
<u>會寧</u>諸嶺, 拾靑石硯[288]材, 用前韻以紀.」

驟綱蜀棧畫中途, 靑石携將筆槖俱. 飛隼翩遺肅愼矢,
睡驪頷摘滄溟珠. 神慳鬼護星曾隕, 雨泐風磨歲幾徂. 奇
癖南宮嗟未到, 尋常至寶滿山隅.

「二十九日, 午憩通遠堡, 宿<u>黃家庄</u>.」

京華宮闕夢如過, 江浙文章別奈何. 好伴靑春歸故國,

---

288 硯: 『西槎詩集』에는 '研'으로 되어 있다.

柳條門外鴨頭波.

「三十日, 午憩四臺子,[289] 抵柵門.」

行過安市古墟瞻, 城上屯雲未解嚴. 山勢依然排鳳翅,
寒春曾是暎虯髥. 河鳴金鼓灘頭鬧, 草怒旗槍雪裡尖. 一
箭藩儀還百絹, 西風登拜聖恩沾.

「三月初一日, 留柵, 次姜判書丈見寄韻.」

身經中國亂離來, 史傳依如讀一回. 壟上穰鉏寧有種,
嶺南珠貝竟成媒. 高騈從事思崔子,[290] 水泊文章誤龔開.
壯志虛抛邊塞夕, 家書刺刺向燈裁.

---

289 午……子 : 저본에는 '四臺子午憩'로 되어 있는데 수정하였다.
290 崔子 : 崔致遠을 말한다.

「心庵相公赴燕回，爲言到灣，得灣尹寄來冬葅，幸加一餐，以詩爲謝，而有冬葅鰕盡見人情[291]之句，余尋常誦之．及余使燕還，黃絹幼婦寄送冬葅，其味勝於灣尹所寄數倍，以詩爲紀．首以心庵公之詩，以識余風流罪過云爾．」

冬葅鰕盡見人情，　此語還同近例成．　那及佳娥纖手物，爛蘆橫切寄長程．

「辛酉三月二十日，登練光亭．」[292]

飛閣疑經[293]玉斧修，　鳴絃壓笛畫欄頭．　聊將烟雨江南興，散盡關山直北憂．萬里驅馳催我老，千金歌笑爲君留．溶溶水上無窮柳，猶帶黃鸝百囀流．

---

291 冬……情: 趙斗淳,『心庵遺稿』권7,「和贈朴參奉龜夏」. "龍灣樺燭抵天明, 十載逢君百感生. 京酒沽來驚客胃, 凍葅鰕盡係人情. 友朋忍憶羊曇路, 叔侄今知阮氏淸. 老大郎潛寧自足, 會看華藻耀家聲."

292 辛……亭:『西槎詩集』에는 작품 앞에 '日域伴春帖'으로 되어 있다.

293 經:『西槎詩集』에는 '輕'을 '經'으로 수정하고 있다.

「無題」[294]

無恙蟾宮桂一枝,　經年不許別人窺.　春風萬里歸來早,
正趂芳陰結子時.

佳約黃樓月未盈,　銀河今夕鵲橋橫.　薊門觀雪燕館夜,
幾度思君夢不成.

「練光亭, 次癸亥三使韻,[295] 與副·三行人聯句.」

長城一面溶溶水,　大野東頭點點山.　小艇載歌天上坐,
名花扶醉夕陽還.　檀君箕子臣民後,　滕閣[296]蘇臺[297]伯仲

294　無題 : 저본에는 누락되어 있는데『西槎詩集』을 참고하여 보충하였다. 앞
　　　의「贈黃岡妓桂蟾」과 연관된 내용으로, 黃岡妓 桂蟾에게 써준 작품이다.
295　癸……韻 : 1803년 謝恩正使 李晚秀, 副使 洪義浩, 書狀官 洪羲周가 연광
　　　정에 올라 金黃元의 '長城一面溶溶水, 大野東頭點點山.'을 이어 聯句詩를
　　　지은 바 있다. "長城一面溶溶水, 大野東頭點點山. 萬戶樓臺天畔起, 四時歌
　　　吹月中還.〔屐翁〕風烟不盡江湖上, 詩句長留宇宙間.〔澹寧〕黃鶴千年人已
　　　遠, 夕陽廻棹白雲灣.〔淵泉〕" 李晚秀,『屐園遺稿』권12,「練光亭聯句」: 洪
　　　羲周,『淵泉集』권19,「練光亭聯句序」: 朴思浩,『心田稿』권1,「燕薊記程」,
　　　1828년 11월 5일 : 韓弼教,『隨槎錄』권2,「遊賞隨筆」上,〈練光亭〉: 任百
　　　淵,『鏡浯遊燕日錄』건, 1836년 10월 27일 참조.

間. 更向層層浮碧去, 樓光人影轉廻灣.

「關海途中」

滔滔行色似春潮, 喜數郵籤暮復朝. 底事近鄉情更惱,
山川隘狹路廻繚.

行穿中國見時危, 交徧英儒析宿疑. 未檄黃巢磨墨盾,
駄回盈篋贈行詩.

「崧陽」

神崧[298]山色碧糢糊, 雨到蕪城潤似酥. 柳港禮成江浙

---

296 滕閣 : 滕王閣. 중국 江西省 南昌縣의 강가에 있는 정자로, 唐 高祖의 아들
元嬰이 洪州刺史로 있을 적에 지은 것인데 원영이 뒤에 滕王에 봉해졌으
므로 이렇게 이름한 것이며, 王勃의 「滕王閣序」로 더욱 유명해졌다.

297 蘇臺 : 저본에는 '薊臺'로 되어 있는데 『西槎詩集』을 참고하여 수정하였다.
姑蘇臺. 春秋時代 吳王 夫差가 姑蘇山 위에 지은 누대이다. 부차가 처음에
越 나라를 격파하고 나서 미인 西施를 얻고는 고소대를 지어 날마다 서시와
함께 유흥을 즐기다가 끝내는 월 나라의 침공을 받아 멸망당하고 말았다.

舶, 宣和奉使見遺圖.²⁹⁹

雜花生樹群鶯飛,　三月關河人未歸.　少婦閨中快剪子,³⁰⁰　猶將輕縠縫征衣.

「碧蹄館」

北地兵塵過眼空,　東風歸路百花紅.　王都咫尺翹頭望,三角雲山喜氣中.

詩境淸淳雅健,　源出盛唐,　五古間出昌黎,　有倫有脊,尤非學人不辦.〔馬平王拯〕

老杜夔州後詩,　縱橫變化,　未可窺測,　惟山谷能眞知之,而世人多不喜者,　以不便於小才也.　覷眼於此,　故出語皆堅確,　絶無凡近之響,　允推作家,　是豈可於近人求之?〔王軒〕³⁰¹

298　神崧: 松嶽山.
299　宣……圖: 徐兢(1091~1153)이 고려에 사신으로 왔다가 그림과 글로 기록한 『宣和奉使高麗圖經』을 말한다.
300　子: 『西槎詩集』에는 '刀'로 되어 있다.

近體雄健蒼深, 盛唐遺響, 古體一篇, 直逼昌黎, 數典處, 尤徵學有根柢, 敬佩無已.〔馮志沂〕

精心結撰, 是立志不爲中晚以後者, 而時入蘇黃之室, 佩服佩服, 筆塵已見學博, 於此尤徵才大, 急付小胥, 錄成副本矣.〔董文煥〕[302]

返虛入渾, 積健爲雄, 盛唐正宗也, 非讀破萬卷書, 不能作此.〔沈景成〕

以地負海涵之識, 用金鍊玉琢之筆, 其使字之雄健, 對仗之奇變, 如孫武之陣勢, 愈出愈神. 雖悍兵驕卒, 莫不驅勒入彀, 叱咤風雨, 惟意所欲, 則老杜涪翁, 殆不能角其鋒. 至若雲雷之經綸, 湘潭之佗傺, 往往如怒濤山立, 金鐵夜鳴, 想見其盱衡揮麈於談笑拍浮之間. 噫, 稚圭不遇永叔, 欲歸弔古傷今, 較心肝於四海兄弟, 亦可悲矣, 而瞻由俱入, 道山過遠, 尙未奮翮, 則山陽之笛, 西門之感, 不但摩挲是卷而歔欷也已.〔尹宗儀〕

301　王軒 : 신석우가 귀국 후, 왕헌에게 보낸 편지 2통이 전한다. 申錫愚, 『海藏集』 권9, 「與王霞擧〔軒〕書〔辛酉〕」·「與王霞擧書〔壬戌〕」 참조.

302　董文煥 : 신석우가 귀국 후, 동문환에게 보낸 편지 2통이 전한다. 申錫愚, 『海藏集』 권9, 「與董翰林硯秋〔文煥〕書〔辛酉〕」·「與董翰林硯秋書〔壬戌〕」 참조.

「跋」[303]

申海藏燕行日, 以四帖子, 隨載行中所得詩, 幷行中人
所得詩, 雜以不別. 王垂倩人, 適錄海藏詩爲一卷, 名之
曰『西槎集』. 海藏見而喜之曰: "吾有傍史, 已令櫛正, 兄
又若是斤斤." 乃尋行逐字, 一讀之曰: "此落錯也, 此訛漏
也, 此非吾詩而混之也." 朱之墨之, 橫縱乙之, 此事在花
開園. 今海藏墓草已宿, 而此卷尙未有繕本也. 然先從此
卷不得不寶者, 不宣當日商證爲海藏手蹟而已, 王垂以
謂: 海藏詩, 固有如也. 譬如鯤鵬, 非池囿之可論. 常藝
園不得意, 今乃絲渡鴨水, 錦展遼野, 得中州山川·城郭·
宮室·人物·貨財之雄秀宏達鉅麗瑰偉殷庶者, 大放厥聲.
蘇子由天下之觀, 庶其近之, 工部詩與洞庭爭雄者,[304] 其
指如詩也. 所以其爲詩, 非燕行前後作可及. 於是乎, 其
爲燕行詩, 已水擊三千搏扶搖而上九萬也. 其所以致之
者, 孰知其天品力量, 資之以學, 而文之旣博, 發而吐氣,
往往見雲雷之滿盈也? 此所以王垂寶焉. 噫, 是乃王垂所

---

303 跋: 『西槎詩集』에만 있는 내용이다.

304 工……者: 唐庚, 『子西文錄』. "嘗過岳陽樓, 觀子美詩, 不過四十字耳. 其氣
象閎放, 含蓄深遠, 殆與洞庭爭雄, 所謂富哉言乎者."

寶者乎. <u>海藏</u>亦已自知其爲寶也. 戊辰(1868)四月卄日,
<u>玉垂</u>書于八分花書窓雨響之間.〔能精繕, 能繡梓, 能入錄, 又
能襲異錦熏異香. 其所寶, 大不逮是卷之惡紙劣草, 自具爛漫奇蹟,
是卷決不可藝也. <u>玉垂</u>又記付<u>尙兒</u>.[305]〕

「跋」[306]

昔余以所作質于<u>趙怡堂先生</u>, 轉乞申<u>海藏</u>批評. 後拜<u>海</u>
<u>藏先生</u>, 曰:"子之自著, 我已讀過. 然我讀子著, 子不見
我作, 可乎? 我有西槎諸作, 子其一見之." 無幾, 先生歿,
余亦北憂屛蟄, 而又流離顚連, 卒無文字緣. 歲暮歸來, 重
整舊書, 暇而質怡堂矣. 所寶拱璧珍重中一卷視之, 乃『西
槎詩集』. 噫, 是<u>海藏先生</u>教我讀而我未及讀者. 嗚呼, 無
已之瓣香, 無地可供, 而子瞻之淚哭吾私而已. 遂三復, 烏
邑而書其後. 時戊辰小滿前一日, <u>海皐金綺秀</u>恭題.

---

305 尙兒: 趙漢尙을 말한다.
306 跋:『西槎詩集』에만 있는 내용이다.

日下交遊錄〔年紀並以己酉計筭〕[307]

趙光,[308] 字仲明, 號蓉舫, 近號退菴, 雲南昆田縣人, 現年六十五, 刑部尙書, 住春樹弟三條胡同.

趙□□, 字□□, 現年十九, 退菴子.

張祥河,[309] 字元卿,[310] 號詩舲, 現年七十七, 江蘇婁縣人, 工部尙書兼順天府尹, 住兵馬司中街.

張茂辰,[311] 字良哉, 現年二十四, 刑部主事詩舲子.

李鈺, 字相圃, 號湘浦, 現年五十二, 河間府河間縣人, 以知府用需次四川, 李雨颿伯衡弟.

李文源, 字心傳, 號松舟, 現年三十三, 前任部郎雨颿長子, 方居雨颿喪, 雨颿有三子, 第三幼, 名文溥.

李文濤, 字心泉, 現年十二, 雨颿仲子.

李銳, 字石渠, 號荔軒, 現年三十五, 敎職候銓, 雨颿從

---

307 日下交遊錄 : 『入燕記』에만 있는 내용으로, 신석우가 귀국 후 작성한 것이다.

308 趙光 : 1797~1865, 자는 仲明, 호는 蓉舫·退菴, 시호는 文恪, 雲南昆田縣人.

309 張祥河 : 1785~1862, 초명은 公璠, 자는 元卿, 호는 詩舲·鶴在·法華華山人, 시호는 溫和, 婁縣人. 張照의 從孫. 신석우가 귀국 후, 장상하에게 보낸 편지 1통이 전한다. 申錫愚,『海藏集』권9,「與張尙書〔祥河〕書〔辛酉〕」참조.

310 元卿 : 『入燕記』에는 '□□'로 되어 있는데 보충하였다.

311 張茂辰 : 자는 良哉, 호는 小終, 華亭人. 張祥河의 아들.

弟.

程恭壽,[312] 字容伯, 號人海,[313] 浙江錢塘人, 現年五十八,[314] 光祿寺少卿罷官, 間住八年, 住春樹頭條胡同.

程怡山, 字伯靜, 現年二十三, 容伯長子.

程卓山, 字仲〔從六羽一.〕, 現年二十一, 光祿寺署正, 容伯仲子, 張詩舫女婿.

程仿山, 字叔爲, 現年十八, 容伯第三子.

沈秉成,[315] 字仲復, 號玉材,[316] 浙江湖州府歸安縣人, 現年四十, 翰林院編修, 住宣武城南南橫街南堂子衖衕.

謝增,[317] 字孟餘, 號夢漁, 揚州人, 現年五十一, 河南道御史, 住粉坊琉璃街.

謝錫芬, 現年十四, 夢漁子.

董文煥,[318] 字世章, 號硯秋, 山西洪洞人, 現年二十九, 翰林院檢討, 住兵馬司後街.

---

312 程恭壽: 1804~?, 자는 容伯, 호는 人海, 浙江錢塘人.

313 人海: 『入燕記』에는 '□□로 되어 있는데 보충하였다.

314 五十八: 『入燕記』에는 '□□□로 되어 있는데 보충하였다.

315 沈秉成: 1823~1895, 초명은 秉輝, 자는 仲復, 호는 玉材·聽蕉·耦園主人.

316 字……材: 『入燕記』에는 '字玉材號仲復'으로 되어 있는데 수정하였다.

317 謝增: 1813~1880, 자는 孟餘·普齋, 호는 夢漁, 江蘇儀江征人.

318 董文煥: 1833~1877, 자는 堯章·世章, 호는 硯樵·硯秋, 山西洪洞人.

洪昌燕,[319] 字敬傳, 號張伯, 浙江錢塘人, 現年四十二,
翰林院編修, 住南横街.

龔嘉儁, 字幼安, 號克臣, 雲南昆明縣人, 現年三十二,
禮部祠祭司員外郎兼主客司事.

江人鏡, 字□□, 號蓉舫, 安徽婺源縣人, 現年三十七,
內閣中書舍人, 江淹後裔, 右二人住前門外後孫公園.

孫如僅,[320] 號[321]松坪, 山東濟寗州人, 現年四十, 翰林
院侍讀, 寓興勝寺.

孫楫,[322] 號[323]駕航, 山東濟寗州人, 現年三十四, 陝西
監察御史, 住繩匠衚衕.

戴鸞翔,[324] 字耀雲,[325] 號蓮溪, 安徽人, 現年五十二,[326]
候選道, 現因軍務, 調赴大營.

洪貞謙, 字□□, 號汝舟, 安徽人, 現年□□□, 河南記

---

319 洪昌燕: 1820~?, 자는 敬傳, 호는 章伯 · 張伯, 浙江錢塘人.

320 孫如僅: 1820~1880 자는 亦何, 호는 松坪, 濟寧人.

321 號: 『入燕記』에는 '字'로 되어 있는데 수정하였다.

322 孫楫: 1827~1899, 자는 濟川, 호는 駕航, 山東濟寧人.

323 號: 『入燕記』에는 '字'로 되어 있는데 수정하였다.

324 戴鸞翔: 1810~?, 자는 耀雲, 호는 蓮溪 · 覺痴, 安徽婺源人.

325 耀雲: 『入燕記』에는 '□□'로 되어 있는데 보충하였다.

326 五十二: 『入燕記』에는 '□□□'로 되어 있는데 보충하였다.

名道, 現因軍務, 調赴大營.

馮志沂,[327] 字魯川, 號述仲, 山西代州人, 現年四十八, 道光乙未擧人, 丙申進士, 由刑部主事, 歷官郎中, 記名知府, 現寓宣武門外香爐營四條胡同.

王軒,[328] 字霞擧, 號顧齋, 山西布政司平陽府洪洞縣人, 現年三十九, 道光丙科擧人, 兵部主事, 現與董硯秋同寓.

黃雲鵠,[329] 字驤雲, 號翔雲, 湖北蘄州人, 兵部郎中, 現寓繩匠衚衕.

鮑康, 字子年, 號阜侯, 安徽歙縣人, 現年五十二, 內閣中書, 住張相公廟南頭路東.

汪元慶, 號泉孫, 一號荃孫, 一號荣根道人, 江西樂平人, 現年三十二, 內閣中書, 寓虎坊橋東.

孔憲彝,[330] 號繡山, 山東曲阜人, 現年五十四, 內閣侍讀.

王拯,[331] 初名錫振, 字定甫, 一字少鶴, 廣西馬平人,

327 馮志沂: 1814~1867, 자는 魯川·述仲, 호는 微尙齋·適適齋, 山西代州人.
328 王軒: 1823~1887, 자는 霞擧, 호는 青田·顧齋, 山西洪洞人.
329 黃雲鵠: 1818~1897, 자는 緗芸·翔雲·祥人, 호는 驤雲, 湖北蘄州人.
330 孔憲彝: 1808~1863, 자는 叙仲, 호는 繡山·秀珊, 山東曲阜人.
331 王拯: 1815~1876, 초명은 錫振, 자는 定甫, 호는 少鶴·少和·忏甫·忏庵·

現年四十七, 戶部郎中, 住永光寺中街.

潘祖蔭,[332] 字伯寅, 號鄭菴, 江蘇吳縣人, 現年三十二, 大理寺少卿, 住米市衚衕.

何承禧, 字介夫, 號鋏君, 江蘇江審縣人, 現年二十九, 內閣中書, 住米市衚衕.

嚴辰,[333] 字子鐘, 號緇生, 浙江桐鄉縣人, 現年四十, 翰林院庶吉士, 住北半截胡同.

董麟,[334] 字祥甫, 號雲舫, 山西洪洞人, 現年三十二, 刑部郎中, 硯秋兄.

趙宗德, 字□□, 號价人, 江蘇常熟縣人, 現年三十八, 戶部郎中.

王憲成, 字□□, 號蓉洲, 常熟人, 御史.

翁同龢,[335] 字叔平, 號松禪,[336] 常熟人, 殿撰.

陸秉樞,[337] 字辰伯, 號眉生, 浙江嘉興府桐鄉縣人, 現

茂陵秋雨詞人 · 龍壁山人, 廣西馬平人.

332 潘祖蔭: 1830~1890, 자는 在鍾 · 鳳笙, 호는 伯寅 · 少棠 · 鄭盦, 江蘇吳縣人.

333 嚴辰: 1822~1893, 초명은 仲澤, 자는 緇生, 호는 達叟, 浙江桐鄉縣人.

334 董麟: 1830~1881, 자는 祥甫, 호는 雲舫.

335 翁同龢: 1830~1904, 자는 叔平, 호는 松禪 · 瓶庵居士, 江蘇常熟人.

336 松禪: 『入燕記』에는 '□□로 되어 있는데 보충하였다.

337 陸秉樞: 1820~1862, 자는 辰吉, 호는 繪齋 · 眉生, 浙江桐鄉烏鎭人.

年四十一, 戶科掌酬給事中.

光照, 字緝甫, 號雲鶴, 行一, 安徽安慶府桐城縣人, 現年三十一, 工部屯田司主事, 退菴門人.

丁壽祺, 字仲山, 號介菴, 行二, 江蘇山陽人, 現年三十九, 刑部福建司主事.

張沄, 字竹屋, 號竹汀, 湖南長沙人, 現年五十六, 刑部江西司主事.

李文田,[338] 字若農, 又字仲若, 廣東順德人, 現年二十八, 翰林院編修兼修國史.

宋靄蘭, 薊州宋家庄主人.

宋舒惺, 靄蘭長子.

宋舒恂, 靄蘭次子.

劉桂芳, 大邦身人.

劉玉山, 與桂芳同里.

李嘉勳, 豐潤縣學助敎.

李增光, 嘉勳子.

---

338 李文田 : 1834~1895, 자는 畲光, 호는 若農·芍農, 시호는 文誠, 廣東順德人.

書牘

「與程少卿恭壽書」

錫愚左海下士, 頭白始入中國, 獲覩遼野之曠濶, 醫巫之演迤, 及至皇京, 觀山川清淑, 城闕神麗, 心目固足快閔, 而猶有所結轖不解, 若將孤負夙昔之志者, 以未及結識名士, 受知大家故也. 下執事華聞雅譽, 遠播外國, 久已欽誦, 方域有限, 若霄漢之不可梯接. 抵京之後, 竊擬函邃御李之願, 非徒使事爲先, 自念遠蹤, 素乏雅契, 懷刺門墻, 寔涉搪突, 所以不敢卽進. 昨呈金邵亭[339]容蟠之書, 而適又值駕, 呈書迷綱, 不得替達鄙誠. 達宵耿耿, 不能安眠. 謹具書牘, 先此仰浼, 惟執事進退之. 不宣. 庚申十二月二十八日, 朝鮮申錫愚[340]再拜白.

---

339 金邵亭: 金永爵(1802~1868). 본관은 慶州, 자는 德叟, 호는 소정. 1843년(헌종 9) 문과에 급제하여, 벼슬은 사헌부대사헌·홍문관제학·개성부유수 등을 역임했다. 1858년 冬至副使로 북경에 다녀와 『燕臺瓊瓜錄』을 남긴다. 저서로 저술로는 『소정고』와 『淸廟儀禮』가 있다.

「答程少卿書」

昨拜惠覆, 慰濯何喩? 擬修更候, 付呈仵回, 書未修而
仵已回, 悵惘失圖, 經宵怒如. 伏惟淸晨台祺萬衛? 下生
入都後, 例有演禮, 故不敢爲參尋計. 聞今次演禮亦停,
可以間住度日矣. 見賢之誠, 如渴赴泉. 且念近局中會之
約, 未免坐屈之嫌, 現欲造門請敎, 先此仰聞, 庸代門紙.
不戩. 三十日白.

「與程少卿書」

錫愚白. 足下素主風雅, 聲聞遠播, 甚盛甚盛. 處海隅
者, 得隻字片言爲喜, 赴上都者, 以登門訂交爲榮. 錫愚
亦嘗慕之, 入京之日,[341] 首訪公門, 邵亭之書, 寔容蟠木,
令郞之接, 已襲薰蘭. 時値除夕, 固慮命駕, 猶以先造爲
禮, 不以失奉爲悵. 新正猥荷近局之枉, 昨日續成仁里之

---

340 申錫愚: 저본에는 '申□□'로 되어 있는데『入燕記』를 참고하여 보충하였다.
341 入京之日: 저본에는 '入京之'로 되어 있는데『入燕記』를 참고하여 보충하
였다.

會而後, 益信前日之所聞不爽. 足下容止端凝, 辭氣和溫, 伸紙下筆, 纚纚千言, 根据經術, 吐屬華賅, 毫墨之工, 亦趁高妙, 洵當世大雅卓爾者也. 遐陬陋儒, 猥忝末契, 實平生之幸, 中心誠好, 食息靡怠. 然愚則聞足下久矣, 特未接容光, 今奉英眄, 一見便知, 足下豈能知愚之心跡於立談間也? 試略陳之. 愚也少孤, 幸賴師友之益, 服習經傳, 羽翼濂洛之書, 旁治詩文之工, 庶幾立箇脚跟, 而策名頗早, 時務多欵, 官位雖進, 志事遂荒, 今焉無補於公私, 徒成老白首矣. 慨然追悔, 欲葆晚節, 作亭於王郊一舍之外, 名以琴泉. 園田交迕, 林壑幽靚, 有泉琮琤, 如絲桐之韻. 數年以來, 棲遲于此, 以爲終老之計. 敝邦疆域不廣, 宦遊進退, 不比中國之遠離鄉井. 然一舍之地, 則疑若太近, 區區之意, 不欲遠去者, 盖取唐人'窮達戀明主, 農桑亦近郊.'[342]者也. 使事反命之後, 儗上休致之章, 將尋遂初之賦矣. 念自髫齕, 所讀書籍, 皆是中國之事. 及老一遊, 得交大方之士如足下者, 志願已償, 又何求乎? 是所以不復有意於當世也. 惟足下俯察此言之出於肝膈, 庶或頷會鄙生之本末, 幸構琴泉記一篇, 仍爲手寫以惠.

---

342 窮⋯⋯郊: 錢起,「東皐早春寄郎四校書」, "窮達戀明主, 耕桑亦近郊."

揭之亭楣, 可作常目寓想之資. 若又不漏於盛蘽刪雕之日, 可以附尾傳名於函夏文明之區矣. 且同社朋知臨別, 咸囑受來齋扁數字, 仰貽臨池之勞. 雖甚兢悚, 遠方豔慕之誠, 想不斥拒, 謹具另錄, 帶紙本呈溷, 并望一一副惠焉. 敝友朴珪壽, 字桓卿, 博學淹識, 爲等輩所推, 亦邵亭之友也. 嘗自製地勢儀, 仍著其銘. 敝友尹宗儀, 字士淵, 著有『關衛新編』, 桓卿就加評語. 今將二文合書一頁, 付送行橐, 故謹此呈上. 崔秉翰, 亦肆力文章, 而有「論文說交書」一篇, 并爲呈納, 幸賜鑑評. 朴文則留之盛篋, 崔書, 賜以答翰, 以證神交, 以慰遠望. 昨日談次所懇張公.[343]董公[344]兩門紹進, 幸亟圖就, 俯示進退之命焉. 韓命源孝廉, 卽鄙生小友也. 周旋文墨之間, 今同此來, 情愿託交門下, 敢此進候, 幸勿揮之門墻, 俯賜延接至望.

---

343 張公: 張茂辰을 말한다.
344 董公: 董文煥을 말한다.

又[345]

錫愚白少卿執事. 訂交無幾, 一別千古, 念之傷心. 第
屬國之士, 於大方君子, 不以分別爲悵, 惟以獲交爲幸,
悵頊之言, 不須提也. 行到中途, 遇本國別使之行. 三人
俱極一代之選, 而副行人朴珪壽, 卽向所呈『地勢儀銘』著
述人也, 弟及邵亭之切友也. 必當造門請見, 執事亦必倒
屣相迎矣. 才見所著, 旋遇其人, 事非偶然. 恨不致身於
毫墨周旋之間, 得聞緖言. 因襯修函, 幸賜覆敎. 不戩.

「與趙尙書光書〔號退庵〕」

錫愚身處僻域, 心慕函夏, 遲暮使役, 幸入中國, 獲聞
尙書大名, 如黃河之緯于地, 太行之峙于霄. 竊欲一遂識
荊之願, 第念退方下士, 疎遠之踪, 不藉紹介, 搪突門屛,
極涉主臣. 謹先替達鄙忱, 門墻進麈, 惟執事所命. 不宣.

---

345 又:『入燕記』에는 '程少卿執事淸鑑'을 '與程少卿書'로 수정하고 있다. 신석
우가 귀국 후, 정공수에게 보낸 편지 2통이 전한다. 申錫愚,『海藏集』권9,
「與程少卿〔恭壽〕書〔辛酉〕」·「與程少卿書〔壬戌〕」 참조.

庚申十二月二十八日，朝鮮申錫愚[346]再拜白．

又[347]

錫愚左海陋士，蓬桑之志，竊願一入中國，覩山川之雄深，京闕之神麗，仍爲奉敎於君子，以廣褊局之見．及拜門下，德儀淸莊，辭旨沖雅，吐屬之際，傾倒無餘，眷撫所被，感戢何喩？昔蘇黃門，中華之士，猶以見歐陽公爲幸，況僕以外國之人，　見賞於當世主持風雅綜理時務之君子乎？榮歡之極．不揆僭妄，仰囑記亭之文，又承擘窠俯賜之敎，可謂垂橐而往，稛載而歸矣．[348] 經宵充然，喜不能寐．談草，以生所見，不過是略道海內外塗人耳目之事，固無可秘，暫爲投示，無足爲煩．然盛意不欲掛他眼，塗乙幾處而下示，亦無所不可．瓊篇已圓，一字之疊，豈足

346　申錫愚：저본에는 '申□□'로 되어 있는데『入燕記』를 참고하여 보충하였다.

347　又：『入燕記』에는 '大司寇執事崇鑑'을 '與趙尙書書'로 수정하고 있다.

348　垂……歸：『國語』，「齊語」，"諸侯之使，垂橐而入，稛載而歸."：韓愈，「答竇秀才書」，"錢財不足以賄左右之匱急，文章不足以發足下之事業，稛載而往，垂橐而歸."

爲白璧之瑕耶？ 必欲改之，亦當易易矣，並乞俯投. 談草
則一閱便還矣. 風厲氣峭，仰冀體度衛嗇. 不宣.

「答趙尙書書」[349]

以大朝德望之尊，進遠士於門墻，已極感銘. 高軒猥屈
旅館，又失倒屣，眷撫一往，隆厚誠禮. 如是淺尟，何等慊
悚？ 凝更趨候，聞門庭事毻，方爲躊躇. 伏拜委函，峭寒
崇祺，衛嗇膺福，攢頌彌深. 瓊篇荷投，莊讀欣忭，談草謹
領. 但筵扣拙問，若不合綴，辭義不㟪，彼此分留，並不成
完篇，幸蒙並投，一閱後當爲藉璧. 鄙生之草，竟留盛衍，
亦大幸故也. 不宣.

撫存之腆，至及賤紀，物珍且多，尤切悚慊. 旅橐甚冷，
略謝貴伻掲來之勞，駬歎曷旣？

349 答趙尙書書：『入燕記』에는 '與趙尙書書'를 '答趙尙書書'로 수정하고 있다.

「上大司寇退庵書」[350]

錫愚初入都, 望執事之聲光, 若霄漢之不可梯接.[351] 及獲垂接, 謙謙之德, 溫溫之誨, 令人欽服. 凡執事之委訪者再, 生之登門者三, 垂寵旣勤, 承敎亦摯, 褊邦陋儒平生之幸. 替書告別, 後會無期, 鄙悰悵慕, 何容盡喩? 春風[352]日暢, 伏惟體候珍嗇. 生登途之後, 幸免疾恙. 店寓橋道, 連有地方察飭, 仰認下執事周全攸曁. 步步頌祝, 日日詹望. 途遇本國別使之行, 蓋爲問安行在而來. 因此庶諒本國事大之誠勤, 若有遠使齟齬難處之端, 專望曲加指敎, 俾完使事. 別使三人, 俱極本邦之選, 而副行人朴珪壽, 卽生同社中人, 金邵亭之至交. 人品醇雅, 才學瞻博, 執事必當樂與之接. 因禠修敬, 幸賜覆帖, 以慰詹悵. 不宣.

---

350 上大司寇退庵書 : 『入燕記』에는 '上大司寇退庵執事手啓〔以下路遇別使寄函〕'을 '上大司寇退庵書'로 수정하고 있다. 신석우가 귀국 후, 조광에게 보낸 편지 2통이 전한다. 申錫愚, 『海藏集』 권9, 「與趙尙書退庵〔光〕書〔辛酉〕」・「與趙尙書退庵書〔壬戌〕」 참조.

351 接 : 저본에는 '及'으로 되어 있는데 『入燕記』를 참고하여 수정하였다.

352 風 : 『入燕記』에는 '氣'로 되어 있다.

「與李郎中文源䟽」[353]

歲新矣, 伏問侍奠孝履增支, 尊慈闈氣度萬康臍祺? 錫愚儗於新正, 恭修奠告之儀, 未審何日爲哀家靜暇日, 故謹此奉告, 涓示是望. 太碩人衰年守制, 伏想氣力易致虧損, 故人蕧一斤·清心元十丸仰呈. 此皆東産, 聊表賤誠. 不宣. 辛酉正月初三日, 世講弟白.

「與沈翰林秉成書」

竟暑承誨, 歸有餘喜. 謹詢體事珍嗇? 錫愚海隅鯫生, 頭白一入中國, 立於都市人海之中, 衣帽言語, 與中國絶殊, 誰有識此心者? 彷徨躑躅, 無聊極矣. 忽遇仁兄, 清儀雅采, 便令人欽服, 不知不覺之中, 向前肅揖, 使他人當之, 豈不瞠駭者幾希矣? 兄乃欣然迎接, 如舊相識, 是固由於容畜雅量, 亦未必非夙緣所湊. 遂定玉河之約, 更

<hr>

353 與李郎中文源䟽: 『入燕記』에는 '與李郎中心傳䟽'를 '與李郎中文源䟽'로 수정하고 있다.

續書樓之話, 從此不虞吾行矣. 況仁兄性度寬厚, 擧止凝重, 文章爾雅, 筆體遒健, 是君子而文史矣. 生之見知於如此之人, 豈小幸也哉? 一別之後, 疆域有限, 源源叙懷, 非所可望. 館唔樓話, 將成陳跡, 誰復知海外羇蹤得賞音於此遊之日耶? 庸是煩鬱感慨. 思所以歸詫本國, 永托末契之方, 則莫如文字. 故昨席猥以記亭之文仰托, 而托以亭記, 亦有深意. 此非一時園林遊賞之地, 乃此身平生棲泊之所也. 試爲兄略述之. 錫愚少孤力學, 究天人性命之源, 誦洛閩義理之書, 餘事治詩文, 略諳蹊徑, 而犯古人不幸之戒, 策名通籍, 遭遇昌辰, 蜚英名塗, 浸浸崇顯. 年猶未老, 楦麟梁鶃, 招譏孔多, 遠念錢若水·歐陽公故事, 欲爲乞體³⁵⁴還鄕, 以葆餘景. 近卜數畝石田於王郊一舍之外, 結廬其中, 樹圃藝蔬, 鑿池種荷, 粗具林園之趣. 有泉出於亭後之山, 落而爲瀑, 流而爲澗, 環亭而去. 其聲淙淙, 與琴韻相和, 命之曰琴泉, 亭亦以是名. 方謀角巾東歸, 主恩彌隆, 銓擧謬及, 遂承使命, 義重往役, 不敢自逸, 餐風宿露, 來赴京師. 若使事利竣, 歸報本國, 卽當蕭然匹驢, 尋琴泉之路矣. 此是置亭本意, 記亭之文, 不容

---

354 體: 『入燕記』에는 '骸'로 되어 있다.

不以是爲主. 至若夾叙斷論, 惟在大匠[355]締構之妙, 望加
精思, 成就一篇好文字, 仍爲手寫一通, 趁回車時俯惠,
以爲歸揭亭楣, 使樵牧社中人讀之, 知吾行獲遇中華名
士, 以邃平生之願. 亦願仁兄收入盛藁, 繡諸棗梨, 使中
華文士讀之, 知君子愛士之風, 能令遐滋陋儒, 一見興敬,
實爲兩有光焉. 不宣. 辛酉正月初八日.

又[356]

名辰瞻想, 倍切他時, 恪詢文祺珍衛. 弟旅館深坐, 逢
此令節, 適當上都多事之時, 火樹鼇山, 非復前日之觀.
只有一輪氷月, 升自海東, 來照衣巾, 動人鄕國之思而已.
東人文房諸品, 皆藉中華之流出者, 而土品亦往往有佳
處. 陳玄二十錠, 驊呈謹疏, 見稱於中國, 數語于下, 俯覽
後哂留是希. 『輟耕錄』曰: '高麗歲貢松烟墨, 用年老松
烟, 和麋角膠造成. 至唐末, 墨工奚超與其子廷珪, 自易

---

355 匠: 저본에는 '匹'로 되어 있는데 『入燕記』를 참고하여 수정하였다.

356 又: 『入燕記』에는 '與沈翰林書'로 되어 있다.

水遷居南唐, 始集大成, 尙用松烟.'是中國松烟, 自易水
以東始也.『路史』曰:'高麗貢松烟墨, 名隃麋.'黃山谷
曰:'德修送高麗墨三丸, 皆隨貢使精品也.'東坡曰:'李公
擇惠此墨, 其印文曰張力剛, 豈墨匠姓名耶? 云得之高麗
使, 鮮光而淨, 豈減李廷珪父子乎?'又曰:'余得高麗墨碎
之, 雜以潘谷墨, 以淸悟和墨法劑之, 殊可用.'此皆指本
邦勝國時墨也. 今則材品匠³⁵⁷手, 大不逮古, 而家弟方按
察黃海道, 海之油煤松煤, 名於國中, 揀取遠烟製出, 稍
勝於常品, 固不敢與廷珪遺製相垺, 倘備坡翁碎用之資
耶. 家弟, 名錫禧, 字士綏, 號韋史, 以文科出身, 年今五
十四, 以吏曹參判, 出爲黃海監司. 望兄手寫齋扁或對聯
以惠, 謹當津致盛意矣. 又以牋紙三卷伴呈, 東紙品固劣,
亦爲見稱於古人.『墨莊漫錄』曰:'米元章常與論書一編及
雜書十編, 用雞林紙.'『宛委餘編』曰:'今世所重, 薄則澄
心堂紙, 厚則高麗繭紙.'古人以其堅韌如帛, 疑用絲繭造
成. 及至董越「朝鮮賦」, 始破其疑, 渲發水墨, 大不及中
國之紙, 似不至全無所用矣. 不宣.

---

357 匠: 저본에는 '匹'로 되어 있는데 『入燕記』를 참고하여 수정하였다.

又[358]

錫愚白沈玉材足下. 生之日下交遊, 可謂博矣. 或求見
於門屛, 或訂交於文讌, 未有若人海一揖, 便爲知心如足
下者. 足下素稟醇雅, 才學敏博, 弟固不失人, 但鄙質愚
魯, 莫副兄知, 愧甚愧甚. 屬國下士, 於中華君子, 以遇知
爲幸, 不以判襼爲悵, 盖勢不得已也. 故悵惘之懷, 不消
說也. 行到中途, 遇本邦別使入來. 三使俱極一時之選,
而其副行人朴珪壽, 卽弟之同窓友也. 其品雅潔, 其學贍
博, 其文典重, 其識明透, 以至詩詞筆墨, 俱詣其妙, 東國
之雋才也. 使事之暇, 必當請交, 幸賜延晤, 必有相益, 亦
如更見弟面. 因書致意, 無遲覆音. 不戩.

---

358 又:『入燕記』에는 '沈翰林執事手啓'를 '與沈翰林書'로 수정하고 있다. 신석
우가 귀국 후, 沈秉成에게 보낸 3통의 편지가 전한다. 申錫愚, 『海藏集』
권9, 「與沈翰林仲復〔秉成〕書〔辛酉〕」·「與沈翰林仲復書〔辛酉〕」·「與沈翰
林仲復書〔壬戌〕」 참조.

「與龔主事嘉儁書」

元朝班次, 獲遂識荊之願, 實慰夙昔之望. 恪詢日來體
事萬衛. 向承芳速, 期在明日, 當爲趨進, 而都下新歲, 例
多事務, 未知高駕或命他所, 抑又盛賓亦訪是日. 故謹此
先探, 俯示是希. 不戩. 辛酉正月初六日.

又[359]

日昨雅集, 獲與下風, 以續華榻未罄之緣, 迄用慰濯.
恪詢體事珍護. 弟自奉清誨, 鄙吝全消, 如醍醐灌頂, 可
酬旅游之懷. 琴泉亭記, 旣蒙肯許, 幸須早構一篇好文字,
仍爲手寫一通, 趁回車前俯惠, 切希切希. 伊日托交諸君
子, 方爲修函, 而迷綱不能徧知所住衚衕, 幸命侍者, 一
一指示申. 廿日之約, 必須早枉于中和局焉. 不戩.

---

359 又: 『入燕記』에는 '與龔主事書'로 되어 있다.

「與江舍人人鏡書」[360]

頃赴芳速, 畢景叙懷, 入經出史, 揚古扢今, 間佐雅謔, 風流蘊籍, 尙挹餘容. 謹詢文祺珍勝. 仰囑琴泉亭記, 望須精構一編, 仍爲手繕, 趁早俯惠, 欲爲行篋之鎭, 歸作亭楣之光耳. 廿日近局枉會之約, 必與諸君子聯踐是希. 不宣.

「與孫侍讀如僅書」[361]

蓉舫之席, 弟不料獲遇淸儀, 而兄乃有意, 遇弟而會, 是兄之高致而弟之奇遇也. 海隅鯫生, 何以得此於大方也? 感幸歷日靡已. 春候不調, 體中玉溫. 琴泉亭記之托, 必須早圖構惠, 亦望親自臨池, 俾不更以拙手移繕也. 廿日之約, 奉若金石耳. 不備.

---

360 與江舍人人鏡書:『入燕記』에는 '與江舍人書'를 '與江舍人人鏡書'로 수정하고 있다.

361 與孫侍讀如僅書:『入燕記』에는 '與孫侍讀書'를 '與孫侍讀如僅書'로 수정하고 있다.

「與孫御史楫書」[362]

生左海陋儒, 獲交龔·江兩兄, 已足爲幸, 又得與令兄結識, 談笑風流, 可驗襟懷坦[363]易, 眞是飮醇自醉, 屢日不醒. 謹候文體珍重. 頃者仰托琴泉亭記與廿日中和局之約, 並望俯踐焉. 不宣.

「與戴蓮溪鷟翔書」[364]

頃在蓉舫之門, 偶見車徒津托, 奉晤於蓉舫所約之日, 而不敢望俯就微懇, 及期獲覩雅範, 此心之榮且幸, 何可盡喩? 竊聞現調大營, 仰惟通識大才, 必當並美於茅元儀·王鳴鶴二人, 不勝欽歎. 日來體晏? 廿日之約, 倘不以營務爲妨耶? 掃榻專等耳. 琴泉亭記, 必須締構手繕, 從

---

362 與孫御史楫書: 『入燕記』에는 '與孫御史書'를 '與孫御史楫書'로 수정하고 있다.

363 坦: 저본에는 '但'으로 되어 있는데 『入燕記』를 참고하여 수정하였다.

364 與戴蓮溪鷟翔書: 『入燕記』에는 '與戴蓮溪書'를 '與戴蓮溪鷟翔書'로 수정하고 있다.

速投惠, 以趁束裝之前也. 不宣.

「與洪汝舟貞謙書」[365]

向席之奉, 生之所不期而君子之所留念, 喜出望外, 尙
有餘懷. 謹問春惻體上穩重. 儒者而治軍旅, 眞通才達識
之事, 拘拘陋儒, 得奉敎於君子, 兼[366]以軍旅之暇, 俯賜
文墨之會, 其幸當復如何? 琴泉亭記, 旣承金諾,[367] 望須
早構好文字, 仍命心畫, 俯惠切希. 廿日之約, 謹當掃榻
以竢矣. 不宣.

365　與洪汝舟貞謙書：『入燕記』에는 ‘與洪汝舟書’를 ‘與洪汝舟貞謙書’로 수정하
　　고 있다.

366　兼：『入燕記』에는 ‘寧’으로 되어 있다.

367　金諾：황금보다 귀중한 승낙으로 季布一諾의 고사에서 나온 말이다. 『史
　　記』, 「季布列傳」. “得黃金百斤, 不如得季布一諾.”

「與謝御史增書」[368]

書廠邂逅，隣樓叙晤，幸遂托契大方之願，[369] 足慰羈游上都之懷．謹問體祺崇衛，馳仰實勞．弟徒飽館餼，何補使事？琴泉亭，是弟郊園林退之地，粗具園林之趣，有泉琮琤，聲韻與琴相和，以是亭亦命此名矣．幸構亭記一篇，仍爲手繕一本以惠，歸當揭之亭楣，以爲林壑之耀矣．令郎安侍，丰采淸氣，使人不能忘耳．不宣．

「與洪翰林昌燕書」[370]

海左陋士，幸獲徧交諸名流，而執事亦賜惠，然得奉半日之晤，此幸何可盡喩？間經多日，淸範雅韻，尙在耳目，不能忘也．謹問春惻體衛珍勝．弟旅館名節，懷緖難裁．

368 與謝御史增書 : 『入燕記』에는 '與謝御史書'를 '與謝御史增書'로 수정하고 있다.

369 願 : 저본에는 '題'로 되어 있는데 『入燕記』를 참고하여 수정하였다.

370 與洪翰林昌燕書 : 『入燕記』에는 '與洪翰林昌燕書'를 '與洪翰林昌燕書'로 수정하고 있다.

琴泉亭, 是弟棲息之所, 將爲休退於此, 幸構一篇記亭文
字, 手寫以惠, 切企切企. 不宣.

「與孔繡山憲彛書」³⁷¹

竊惟足下, 以先聖遺裔, 儒雅風韻, 卓冠一世, 高名華
譽, 遠馳海外, 挹芬仰光, 厥惟久矣. 及到日下, 獲承垂
接, 移晷攀誨, 何等榮懽? 間因館冗, 尙稽修敬, 悚悵交
至. 恪詢日來體事珍衛. 生行期雖未定, 要在來初, 續承
良晤, 未可質言, 預覺惘然. 素家王城北里, 名其室曰丹
邱閣, 近又置亭一舍之外, 粗具園池之趣. 有泉琮琤, 與
琴相諜, 名其亭曰琴泉. 兄若爲弟作矙語閣記亭記中一
篇, 幸爲締成手寫以惠, 可作常目之資, 以爲永好之助耳.
土物數事, 仰表微忱, 莞留是希. 不戩.

---

371 與孔繡山憲彛書:『入燕記』에는 '與孔繡山侍讀執事'를 '與孔繡山憲彛書'로
    수정하고 있다.

「與張主事茂辰書」[372]

竊伏念尊府大人, 耆年宿德, 爲朝野倚望, 主持風雅,
四海宗仰. 生在外國, 已不勝欽仰之忱. 入都下一月于玆,
行期漸近, 尙未遂登門之願, 職緣誠淺分薄, 寤歎何旣?
數品東産, 本欲躬薦爲贄, 謹先呈納, 旁達菲忱. 不備.

又[373]

謹承覆帖, 俯速之期, 已荷旁稟訂日, 感幸何喩? 第伊
日先有趙尙書退庵丈下招納已宿矣. 苟以公冗薪憂, 不得
出門則已, 禮難抛宿約[374]而膺新速. 且七日以後行擾, 實
無暇隙. 現方造門, 進退惟命. 尊府大人耆年几舃, 伏想
未便久接, 一瞻淸光, 退與仁兄談懷, 足可成登門之願.
至若廚饌, 不必煩辦, 茗飮爲雅. 不宣.

---

372 與張主事茂辰書:『入燕記』에는 '與張主事仁兄手啓'를 '與張主事茂辰書'로
　　　 수정하고 있다.

373 又:『入燕記』에는 '張主事仁兄雅鑑'을 '與張主事書'로 수정하고 있다.

374 約: 저본에는 '納'으로 되어 있는데『入燕記』를 참고하여 수정하였다.

又[375]

一幸登門, 再荷垂訪, 殷殷眷眷, 溢於紙墨之外, 私分幸甚, 復何所恨? 但不得久陪尊堂老先生文榻之下, 獲承諄誨, 爲此生之恨. 春和侍履溫重. 弟行到中途, 遇本國別使, 盖爲修起居於<u>行在</u>來也. 本邦誠心事大, 必當因此而益加諒察. 使臣去留之際, 若有難處之端, 專望旁稟大庭, 曲垂周全. 三使俱極一時之選, 而副行人<u>朴珪壽</u>, 卽弟之切友也. 才學俱全, 筆翰亦精, 兄若相見, 自當默悉, 不必多告. <u>錢牧齋初學文集</u>, 其門人瞿式耜之筆, 瞿公光明磊落人, 其筆亦俊正秀雅. 弟嘗見一本於他人家, 愛其筆百倍於愛其文. 故入都時, 求之廠肆, 則市人每以有注詩集應之, 終不得其本. 向兄聞此有容俟求之之約, 臨時恩遽, 不得更提, 因便申煩, 望垂卒惠. 盛筆六法甚工, 而勤求拙詩, 意固可感. 第緣寓館多擾, 未及仰副, 尙此怒如. 歸當出<u>琴泉</u>亭圖, 覃精研思, 構成一篇, 付呈年使之便. 不宣.

---

375 又 : 『入燕記』에는 '張主事雅鑑'을 '與張主事書'로 수정하고 있다. 신석우가 귀국 후, 장무진에게 보낸 편지 2통이 전한다. 申錫愚, 『海藏集』권9, 「與張主事〔茂辰〕書〔壬戌〕」・「與張主事書〔壬戌〕」참조.

「與潘少卿祖蔭書」[376]

夜謝體珍. 海左陋儒, 獲接淸光, 方自爲榮. 足下先以
尊世大集見遺, 未知何所取於弟而然哉? 寔深感佩, 不知
爲喩. 謹將土物數事, 奉表微忱. 不宣.

又[377]

臨行, 拜承惠問, 兼荷嘉貺, 意甚盛也. 未能更續良晤,
因成缺別, 悵恨何旣? 春和體衛鄭重. 弟行役幸免疾恙,
月晦可到邊門. 回首西望, 日下舊遊, 杳隔前塵. 如兄丰
釆雅韻, 何時更見? 惟願努力崇德, 纘承先武, 利澤被於
時, 功名垂於後, 使海澨遐踪, 聞風詹誦. 路遇別使之行,
因襯修敬. 不戩.

---

376 與潘少卿祖蔭書: 『入燕記』에는 '潘少卿執事手啓'를 '與潘少卿祖蔭書'로
　　 수정하고 있다.

377 又: 『入燕記』에는 '潘鄭庵執事淸鑑'을 '與潘鄭庵書'로 수정하고 있다. 신석
　　 우가 귀국 후, 반조음에게 보낸 편지 1통이 전한다. 申錫愚, 『海藏集』권9,
　　 「與潘主事〔祖蔭〕書〔辛酉〕」 참조.

「與鮑內翰康書」[378]

繡山[379]文讌, 獲證末契, 旣榮且喜, 不省爲喩. 恪詢稍
和體事萬衛, 區區詹想. 生行期要在來初, 更續良晤, 有
未可必, 預覺惘然. 土物數事, 謹此奉塵. 不戩.

「與汪荃蓀元慶書」[380]

謹問日來稍和文祺珍重. 生館務頗擾, 行期漸近, 韓齋
前會, 恐難更續, 預覺悵然. 足下將以何言贈行, 以慰一
別不再來之悵也, 深切跂予. 不宣.

---

378 與鮑內翰康書:『入燕記』에는 '鮑內翰執事手啓'를 '與鮑內翰康書'로 수정하
고 있다. 신석우가 귀국 후, 포강에게 보낸 편지 1통이 전한다. 申錫愚,『海
藏集』권9,「與鮑內閣〔康〕書〔辛酉〕」참조.

379 繡山: 孔憲彝를 말한다.

380 與汪荃蓀元慶書:『入燕記』에는 '汪荃蓀仁兄淸鑑'을 '與汪荃蓀元慶書'로
수정하고 있다. 신석우가 귀국 후, 왕원경에게 보낸 편지 1통이 전한다. 申
錫愚,『海藏集』권9,「與汪荃孫〔元慶〕書〔壬戌〕」참조.

「與嚴緇生辰書」[381]

韓齋雅集, 獲奉清光, 深切慰幸. 墨瀾酒痕, 席將散矣, 兄忽把袂, 示以後期, 是必兄有取於弟而然也, 敢不趁期趨膺. 玆將土物, 以代相見之贄, 哂留是希. 不宣.

「與許慕魯宗衡書」[382]

恪詢日來文祺蔓祉. 僕行期漸近, 自多冗擾. 文讌清光, 未易更承, 何等悵耿? 謹將土物, 仰表微忱, 莞納是祈. 不宣.

---

381 與嚴緇生辰書: 『入燕記』에는 '嚴緇生執事清啓'를 '與嚴緇生辰書'로 수정하고 있다.

382 與許慕魯宗衡書: 『入燕記』에는 '許慕魯執事清鑑'을 '與許慕魯宗衡書'로 수정하고 있다.

「與董雲舫麟書」[383]

托交令季, 互相過從, 爲日已久, 獲接淸儀, 反在其後,
拚晤之時, 日又向晚, 筆談恩恩, 未罄底蘊, 迄用悵恨. 謹
問日來體事萬衛, 詹溯無已. 向讌分韻, 昨呈拙構, 想已
垂覽. 成卷之後, 懇求繕投一本於霞擧[384]兄, 亦望兩兄忘
勞助成, 以賁歸裝. 不宣.

「與王少鶴拯書」[385]

向讌談次, 獲聆雅誨, 竊幸牖迷, 況承麗詞之卷, 搨畫
之本, 感泐何喩? 臨池餘瀾, 擎而歸寓, 受賜寔多, 尤庸
感佩. 恪詢體嗇. 土物數事, 謹表微忱, 查收是望. 不宣.

---

383 與董雲舫麟書:『入燕記』에는 '董雲舫執事雅鑑'을 '與董雲舫麟書'로 수정하
고 있다.

384 霞擧: 王軒을 말한다.

385 與王少鶴拯書:『入燕記』에는 '王少鶴執事雅鑑'을 '與王少鶴拯書'로 수정하
고 있다. 신석우가 귀국 후, 왕증에게 보낸 편지 1통이 전한다. 申錫愚,『海
藏集』권9,「與王少鶴〔拯〕書〔辛酉〕」참조.

「與何鐵君承禧書」[386]

謹問日來體上蔓護. 生行期漸近, 館務多擾, 實恐無更
續良晤之暇, 兄將以何語贐我歸裝耶? 專望專望. 不宣.

「與本國廟堂書〔入燕時〕」

入都之後, 默察城府市廛, 閭閻氣色, 晏然無騷擾之意,
誠亦意慮之表. 皇帝北狩, 都城爲空器, 大帥屯箚宣武門,
則可謂戎馬生於郊矣, 洋夷充斥天主館, 則可謂羌戎伏於
轂矣. 時象如此, 而朝市安堵, 無乃深仁厚澤, 固結人心
而然歟? 抑或迭興倏敗, 狃習兵革而然歟? 且況粤匪據江
南, 財帛之淵海涸矣. 捻匪陷安徽, 漕輓之道路塞矣. 回
匪擾雲南, 已十餘年, 而勢不可制矣. 嘓匪起四川, 衆數
萬人, 而毒滋爲痛矣. 貴州之苗匪, 邪敎土匪, 如蝱處褌,
難以悉數. 最其捻匪, 旣强且近, 已及河南·山東·直隸等

---

386 與何鐵君承禧書:『入燕記』에는 '何鐵君執事手啓'를 '與何鐵君承禧書'로
수정하고 있다.

處，乍聚乍散，旋勘旋熾，海內可謂波滿雲擾矣．然而日行都市之間，絕不見其遑遽之色，擾攘之舉，可謂大國之風，不甚先事驚動也．但風說入聞，槩多愁亂．洋夷之營立舖舍，占取民家，無異勒奪，皇駕之宣言回鑾，仍展東陵，終難確信等說，或出耳食，或由臆斷，俱不可信．以實際證見言之，則離宮樓殿，果被燒燼，黟阢赭壁，滿目愁慘．將軍勝保，果屯城外，白旆朱章，按方森列，此衆目之所覩者也．各省禦敵，亦多其將，勝保衛京師，僧王禦山東，袁甲三守徐州，曾國藩駐徽州．皇城守護，本有其人，恭王之親桂良，瑞麟之賢受任，居留中外．將相日馳奏達，議卹叙勞，調兵督糧，無非征戰之事，此京報之所出者也．至若執筆呑且，臨書發歎，以爲奸佞誤事，馴致廝階，文武失和，難濟大事．或指糧餉之句而綮欷，或言姦宄之弊而嘅憂，此從游卿士得於毫舌酬酢之際，眉睫幾微之間者也．凡此數條，自謂摭實奉聞．然惟羈旅使价，類多聽塗，實愧春秋大夫能嫺覘國矣．

記

「渡江記」

庚申十一月二十六日將渡江, 留灣州十四日, 距離京十
月二十二日, 爲三十五日. 朝起出江頭, 灣尹權堯章應蘷,
設供帳祖道. 修狀啓封緘訖, 進酒張樂, 纔奏旋撤.[387] 余
先起身登轎, 副使·書狀隨之, 前夜大雪, 徧覆兩界, 朝猶
飄灑, 及是快霽, 黃綿襖出矣. 三江氷合, 上覆以雪, 漫爲
平陸. 鴨綠江三里餘一有小西江, 始有中江, 中江二里餘
曰三江, 三江最狹, 小西江爲鴨綠[388]枝江. 自渡中江, 爲
中國地界, 有民居及往來軍民, 呼一人與馬頭語, 盖甲軍
戍邊者. 馬頭指一山曰: "此金石山." 奇峭崒崔, 橫障西
北, 康世爵所避地處,[389] 無知其跡者, 獨自聘望興歎. 到

---

387 撤: 『入燕記』에는 '徹'로 되어 있다.

388 綠: 저본에는 '淥'으로 되어 있는데 『入燕記』를 참고하여 수정하였다.

389 康……處: 朴趾源, 『熱河日記』, 「渡江錄」, 1780년 6월 26일 참조.

一阜, 馬頭曰:"此九連城." 先來還到時, 上此阜擧火, 灣州知其信云. 歷數里, 統號九連城. 通行三十里, 設幕舖簟於荒葦積雪之上, 以供午飯, 水味甚佳.[390] 九連近地, 嫩岡軟麓, 縵迴遮阻, 樹木薈蔚, 儼如邨落. 陶淵明詩: '曖曖遠人村, 依依墟里烟. 狗吠深巷中, 鷄鳴桑樹顚.'[391] 盖指村居景物, 今於荒塞廢地, 忽生此想, 可異也. 洪戚兄一能良厚,[392] 湛軒[393]先生孫, 從從叔父翠微公,[394] 入燕歸言, 過此如聞鷄犬聲. 其後春山金相公[395]赴燕還, 以一

---

390 歷……佳: 南履翼, 『槎蔗續編』 책3, 1822년 8월 25일. "到九連城中火, 三使同坐一幕而進飯, 一行上下雜坐於地. 先是廚房之屬先來, 闢草開路, 容人馬之墟也. 余曰: '水味劇佳, 所進頗勝於留灣時矣.' 二价曰: '果然.'"

391 曖……顚: 陶淵明, 「歸田園居」 참조.

392 洪……厚: 洪良厚(1800~1879). 본관은 南陽, 자는 漢佐·一能, 호는 寬居·三斯·甘木·壽田 등. 洪大容의 손자. 1831년 진사에 합격하여, 벼슬은 의령현감·천안군수 등을 역임했다. 1826년 冬至副使 申在植의 수행원으로 북경에 다녀왔다.

393 湛軒: 洪大容(1731~1783). 본관은 南陽, 자는 德保, 호는 弘之·담헌. 1774년 蔭補로 선공감감역이 되어, 벼슬은 태인현감·영천군수 등을 역임했다. 1765년 冬至使 서장관 洪檍을 수행하여 북경에 다녀와 『乾淨衕會友錄』·『燕記』·『을병연행록』을 남겼다. 저서로 『담헌서』·『醫山問答』 등이 있다.

394 翠微公: 申在植(1770~1843). 본관은 平山, 자는 仲立, 호는 翠微, 시호는 文淸. 1805년 별시 문과에 급제하여, 벼슬은 대사간·대사헌·이조판서 등을 역임했다. 1826년 동지부사로, 1836년 동지정사로 북경에 다녀왔다.

能氏言爲信然. 余於三十年之後過此, 目觀意會, 快信前
聞之不爽. 恨無以對床剔燈, 講談此地歷代沿改, 在何世
爲縣聚民居, 眞有鷄鳴犬吠之聲, 可悲而可悵. 又行三十
里, 到溫井坪, 覆簟爲屋, 施帷爲壁, 下安溫炕,³⁹⁶ 足以
排寒寄宿. 譯裨所處, 極草率, 猶坎地熨火, 上鋪木板, 隷
卒則皆露宿, 可憫也. 終夜惺惺不能寐.

「柵門記」

柵門者, 中國謂之邊門, 又曰柳條邊. 余嘗認樹巨木爲
柵, 設門其中, 穹窿壯固, 嚴扃鐍謹出入. 及余行到, 見彼
我人群立於廊廡外, 廊³⁹⁷袤僅三間, 中爲門低窄, 不能容
轎高. 於是去馬擡轎而入. 廊之兩傍, 以楛柮若架欄者,
各三數間, 此謂柵門. 彼我人出入, 不必以門, 惟三使行

395 春……公 : 金弘根(1788~1842). 본관은 安東, 자는 毅卿, 호는 春山, 시호
     는 文翼. 1829년(순조 29) 정시문과에 급제하여, 벼슬은 의정부좌참찬·좌
     의정·판중추부사 등을 역임했다. 1831년 冬至副使로 북경에 다녀왔다.
396 溫炕 : 저본에는 '溫坑'으로 되어 있는데 『入燕記』를 참고하여 수정하였다.
397 廊 : 저본에는 누락되어 있는데 『入燕記』를 참고하여 보충하였다.

必由之. 其內右有管稅正堂, 三人列椅[398]而坐, 鳳城將軍
居其中云. 抵稅于賃稅人家, 自二十七日止三十日, 凡三
宿, 觀廟堂, 觀市廠. 此邊徼一隅之地, 人戶纔四五十, 已
具中國規模. 盖屋室之制, 余所知, 車輿之規, 余所知, 禦
牧之法, 余所知, 柵之所見, 固無事乎煩述. 然是爲中國
初境, 而柵門制度, 非所意料, 故記之. 舊柵門在西十二
里, 拓以遠之, 未知在何時.

「路遇曆咨記」

十二月初一日, 發柵門, 歷鳳凰城, 憇龍鳳寺,[399] 午到
乾子堡. 時憲書齎咨官金景遂, 始抵本站, 出示呈籌司手
本, 仍言: "皇帝幸熱河, 禮部將欲移咨, 督令朝鮮使臣,
趁初十日間, 來抵都京, 待行在[400]欽旨, 以爲進詣當否,

---

398 椅: 저본에는 '傳'으로 되어 있는데 『入燕記』를 참고하여 수정하였다.

399 龍鳳寺: 洪大容, 『燕記』, 「沿路記略」, "鳳城有龍鳳寺, 正殿爲樓, 上安佛
    像, 下爲炕, 僧徒所居, 皆頑蠢不識禮, 惟其樓閣丹雘, 比東國差有異觀. 余
    稱其奇, 從人竊相笑, 以爲此比北京諸觀, 不啻精麤云." 참조.

400 行在: 제왕의 행궁을 달리 이른 말로, 여기서는 황제가 몽진한 熱河의 避
    暑山莊을 가리킨다.

故以事勢之未及趁期爲言, 則郎中言:'侍郎方詣<u>行在</u>, 當爲稟旨發落.'後見該部文字, 有免詣<u>行在</u>之旨, 使行[401]可免<u>熱河</u>之行."余遂取手本,[402] 略錄其槩.

---

401 使行: 저본에는 '行使'로 되어 있는데 『入燕記』를 참고하여 수정하였다.

402 手本: 재자관 김경수가 비변사에 올린 수본은 다음과 같다. 『日省錄』, 1860년(철종 11) 12월 9일. "齎咨官金景遂, 以手本報備局. 渠九月十一日, 入柵. 十三日, 與迎送官保發程前進. 二十三日, 到山海關, 點人馬無弊進關, 而但塵店荒涼, 路無行人, 過路見聞, 日加殊常. 故頻探其由, 則皇帝幸于熱河, 洋賊多在城中, 而土匪日富, 道路難通云. 二十五日五更天, 白陰堡間, 果有八名響馬賊, 各持銳槍弓刀, 圍立一行, 威脅掠奪. 故萬端哀乞, 艱辛免禍. 二十七日平明, 到三河縣, 更孤護送軍, 則該知縣之言, 間以賊匪, 皇城九門, 只通西直門, 而雖欲不由通州, 自順義縣繞以入. 這間俱是賊窟, 趁京無路, 姑俟幾日, 間自此專撥回報, 更待開路起程云. 故依其言滯留數日, 而以日限迫頭, 趲程前進, 則客店掃如, 人迹難見. 到燕郊堡, 入于虛店, 以所帶乾糧, 方炊午飯之際, 適逢該縣之專撥還歸. 詳聞回報, 則洋匪太半昨才出城, 餘黨明當歸去, 而晦昏黃昏, 門路還開云. 故不得已仍宿通州. 十月初一日, 到北京, 與大使·通官等, 詣禮部, 呈納咨文, 仍詣主客司, 行三拜九叩頭禮, 領受時憲書大一本小一百本, 歸接於南小館. 十一月初八日, 詣禮部主客司領賞, 又詣精膳司領宴. 見該部文字, 則奉硃批朝鮮使臣抵京後, 免其詣赴行在, 卽在午門外行禮, 以示體恤. 其例賞加賞, 仍照例辦理欽此云云. 受回咨文六度, 卽到京領憲書領賞領宴起身等例咨也. 十七日, 自北京回發. 二十二日, 出山海關, 到八里堡, 小通使崔義賢, 授手本先爲出送. 彼地事情, 大英·大法·俄羅斯·亞美理四國洋夷等, 雇得黑鬼子·廣蠻子·潮州勇等數萬, 七月初七日, 齊到天津·大沽之間, 與額附僧格林心, 屢度大戰, 旋撲旋熾, 幾至陷城之境. 八月初四日, 且到通州張家灣, 相戰僧王, 屠戮該村, 奪去玉帛及美女數千. 初七日, 漸入八里

橋, 連見官兵之敗歸, 驅抵皇城東郊, 則皇帝只開西直門一路, 而初八日, 率肅親王華豐·鄭王端和·尚書肅順及近侍諸臣, 幸于熱河, 守城只是恭親王奕訴·大臣桂良及恒祺·周祖培幾人而已, 則土匪之闖發, 自然爲翼於洋匪. 二十三日, 諸匪至圓明園·萬壽山·西山等宮殿私室, 都爲燒燼, 掠奪御庫及民財, 亦不知幾千萬兩, 而以車馱去至, 爲八百餘輛之多云矣. 賊勢去益難熄, 不得已從其願講和事. 二十九日, 恭親王使禮部, 請入洋夷於城中, 則英國額爾金巴夏里·法國葛羅·美國衛廉·俄羅斯普等數萬, 仍留於各王府中, 以壬寅年江審·廣東之舊約, 竝入於新約, 而天主敎傳授學習者, 保護勿禁, 各海口地方, 任便通商, 而居住賃房置屋租地, 設立棧房·禮拜堂·醫院·墳塋, 無得防損, 前後商虧與軍需經費銀八百萬兩, 依數徵出, 而五十萬兩, 先爲劃去, 一百五十萬兩, 以廣東商稅, 今年內劃去, 六百萬兩, 亦以各口商稅, 排六年劃去, 各口通商往來居住商稅等節之各樣任便等事, 每各國五六十款, 各因皇命, 與恭親王, 九月十一二日, 商定條約, 而以先劃銀二百萬兩, 姑未盡覓之事, 落後一名, 尙留於貝子府中, 又有十餘名, 無常往來, 始役其開館與天主堂窓戶各項等事節. 其餘則自二十七日至三十日, 放砲吹打, 作隊出城, 而出入都無奪戮之弊, 回到天津海口, 半留半去, 而待明春旋到北京, 立約其開關館與各樣任便等節事云云. 皇帝以天氣漸寒, 待春回鑾之諭, 出於京報, 則亂餘民心, 尤不得安頓, 而門口斂稅, 無論某物, 十倍添加, 離散復欲還棲之民, 更難輸來其携去之物, 南路久梗, 耕織土産, 一無到京, 則舊已罄新未及, 廛市自然空虛, 閭里猝難繁華矣. 挽自十一月, 民猶復集, 而自普濟堂, 因皇命, 出給小米八百石, 資瞻於五城, 粥廠收養, 其兵燹後, 近畿之無告貧民, 南邊賊警, 金陵盤踞之土匪, 分股相應於蘇州, 竊據之李士英等, 依舊奔掠於浙江·杭州之間, 長髮賊張樂行·翼賊石達開等, 與雲南回匪·貴州苗匪·河南捻匪·福建土匪等, 聲勢連接, 東竄西援, 一向滋蔓於安徽·江西·湖南·湖北·廣西等處, 流毒日甚, 出沒無常, 各處官軍之屢年所追如捕風, 肅淸杳然, 軍餉接濟, 將不知何以籌辦云云. 年成山西·山東, 旱澇太甚, 關外關內, 均爲八九分云."

金景遂, 九月二十三日, 到山海關, 塵店荒凉, 故探知
皇帝幸熱河, 洋賊多在城中, 土匪日富, 道路難通. 二十五
日五更, 白陰堡[403]有八名響馬賊, 哀乞免禍. 二十七日,
到三河縣, 知縣言: '皇城九門, 只通西直門, 姑留幾日, 待
開路起程.' 依其言, 滯留數日而前進, 逢該縣專撥還歸,
詳聞洋匪昨才出城, 晦日門路還開. 十月初一日, 到北京,
受時憲書, 見該部文字, 則朝鮮使臣抵京後, 免詣行在, 卽
在午門外行禮, 以示體恤. 十七日, 自北京回發, 二十二
日, 出山海關, 授手本先爲出送. 彼中事情, 大英·大法·俄
羅斯·亞美理四國洋夷, 雇得黑鬼子·廣蠻子·潮州勇數萬,
七月初七日, 齊到天津·大沽之間, 與額駙僧格林沁戰, 旋
撲旋熾. 八月初四日, 到通州張家灣相戰, 屠戮該村, 初七
日,[404] 驅抵皇城東郊, 皇帝開西直門, 率肅親王華豐·鄭王
端華·尙書肅順, 幸熱河, 守城只是恭親王奕訢·大臣桂良
及恒祈·周祖培, 土匪自然爲翼於洋匪. 二十三日, 諸匪至
圓明園·萬壽山·西山宮殿私室, 都爲燒燼, 掠奪御庫民財,

403 白陰堡: 저본에는 '白蔭堡'로 되어 있는데 『入燕記』와 『日省錄』을 참고하
여 수정하였다. 白陰堡는 背陰堡를 말하는 듯하다.

404 初七日: 저본과 『入燕記』에는 '初八日'로 되어 있는데 『日省錄』을 참고하
여 수정하였다.

賊勢去益難抑. 二十九日, 恭親王請入洋夷於城中, 仍留
各王府, 以壬寅舊約, 並入新約, 天主教傳授學習, 保護勿
禁, 各海口任便通商, 軍需銀八百萬兩, 依數徵出. 因皇
命, 恭親王詳定約條, 以先畫銀, 姑未盡覔, 落留一名. 又
十餘名, 往來無常, 始役天主堂. 其餘則自二十七日至三
十日, 作隊出城, 都無奪戮之弊, 回到天津, 半留半去, 待
春旋到北京. 皇帝以天氣漸寒, 待春回鑾. 自十一月, 民稍
復集, 金陵土匪, 分股相應於蘇州, 李士英依舊焚掠於浙
杭,[405] 長髮賊張樂行, 翼賊石達開, 與雲南回匪, 貴州苗
匪, 河南捻匪, 福建土匪, 聲勢連接, 一向滋蔓. 安徽·江
西·湖南·湖北·廣西等處, 流毒日甚, 肅清杳然, 年成山西·
山東, 旱潦太甚, 關內外均爲八九分云.

「遼東記」

十二月初一日, 自柵離發, 凡四日, 歷乾子堡·黃家庄·
通遠堡·鴉鶻關·甛水站·狼子山·王寶臺, 而抵迎水寺, 爲

---

405 浙杭: 浙江·杭州를 말한다.

三百十里, 謂之東八站. 峻嶺橫阻, 行途崎嶇. 盖長白之
山[406]餘支南走, 以限遼左, 將爲夷衍曠豁之觀, 必先局束
其志氣, 險巇其經歷, 而後放之者歟. 行到高麗叢·阿彌庄
之間, 已望見遼野之色, 白塔猶隱暎淸蒙[407]間, 到遼陽州,
則竦峙雲中矣. 遼陽有新舊之城,[408] 余所見新治也. 從東
門出西門, 夾路市廛, 金碧輝暎, 繁華加於鳳城倍蓰. 城
制方正如繩削, 北則外有土阜, 周遭以護體城, 但無雉堞,
可異也. 觀關帝廟, 在西門外, 宏麗甲於沿途云. 觀白塔,
築甍爲址者數級, 上安石塔, 每面刻佛像, 上設簷, 簷上
又甍築十數層. 余步其下, 爲一百五十步.

副使曰: "高爲三十丈, 必有所據."

旁有寺殿, 樑摧欲塌, 碑剝無字. 又有新寺, 有僧居之.

問: "塔爲何時所建?"

曰: "剙於唐世."

又問: "尉遲公[409]所剙耶?"

406 長白之山: 長白山은 일반적으로 白頭山을 가리키는데 여기서는 醫巫閭山
을 말한다.
407 蒙: 『入燕記』에는 '矇'으로 되어 있다.
408 新舊之城: 저본에는 '新舊城城'으로 되어 있는데 『入燕記』를 참고하여 수
정하였다.

點頭曰：“然.”

行忙旋出. 歸路思之, 此爲白塔寺, 舊名廣祐寺者也.

曾記『一統志』, 只云：‘內有古塔高數丈.’不言何時所刱. 尉遲所建云者, 卽余捃拾之言, 而僧亦順口答之, 不足信. 有言尉遲塔在於舊遼東城, 或曰無.

余夜坐迎水店, 謂同行者曰：“遼東沿革, 君知之乎？”

曰：“是無乃吾東之舊乎？”

曰：“唯唯否否.”

此地本入「禹貢」冀·靑二州之域, 舜分冀東北爲幽州, 靑東北爲營州. 周時屬燕, 秦以幽州爲遼西郡, 營州爲遼東郡, 漢武拓朝鮮, 幷割遼東屬邑, 置四郡, 漢末公孫度據之. 魏置東夷校尉置平州, 晉改郡爲國, 尋爲慕容廆所據. 後魏仍爲遼東郡, 隋初爲高句麗所據. 唐復其地, 置蓋·遼二州, 尋爲渤海大氏所據. 五代時入契丹, 以遼東故城爲京, 金爲遼陽府, 元爲遼陽路. 皇明爲定遼都尉, 改爲都指揮使司. 東至鴨綠[410]五百六十里, 西至山海一千一

---

409 尉遲公：尉遲恭(585~658). 자는 敬德, 시호는 忠武. 唐太宗을 따라 여러 차례의 정벌에 공을 세우고 鄂國公에 봉해졌으며, 고구려 원정에도 종군하였다.

410 鴨綠：鴨綠江. 저본과 『入燕記』에는 淥으로 되어 있는데 수정하였다.

十五里, 南至旅順口七百三十里, 北至開原三百四十里,
自都司至京師一千七百里, 此爲遼東沿革也. 最古則當入
箕子所封之疆域, 固是吾東之舊也. 今時制置, 耳目所覩,
記不復說.

「瀋陽記」

瀋在遼東野中, 平衍曠濶, 非形勝之國. 覺羅都之, 旣
庶且富, 後稱盛京, 與寧古塔之興京, 並爲都京之陪, 地
之遇天時, 有如是夫. 城池宮闕陵廟官府之制, 有『盛京通
志』, 可按而知. 覺羅發跡長白山, 以七大恨[411]告天, 以父
祖所遺十三甲起兵, 討尼堪外蘭, 以雪其讎, 服屬諸部.
尊據大號, 漸長[412]而南, 三世而撫函夏. 壽考寧謐二百年,
其亦偉矣. 後欲卷而北歸, 意必歸于此, 負嵎寧古[413]根本
之地, 南控山海, 揮戈四矚,[414] 如始起之爲. 新造之北京,

---

411 七大恨: 저본과 『入燕記』에는 '十大恨'으로 되어 있는데 수정하였다.

412 長: 『入燕記』에는 '徙'로 되어 있다.

413 寧古: 寧古塔을 말한다.

414 矚: 저본과 『入燕記』에는 '嘆'으로 되어 있는데 수정하였다.

素弱之朝鮮, 不暇來擾, 而遼·瀋之勢固矣. 今者不然, 北
避[415]熱河, 其地在古北口之外, 自此至彼, 當爲千餘里,
而循長城之外矣. 其勢不能東負寧古, 南迤而及于瀋, 瀋
無統轄. 沙劉·關先生之徒, 援遼都司毛文龍之輩, 不患無
人. 於是與邊卡匪類, 聲勢連接, 則婆猪[416]·鴨綠, 一衣帶
水[417]耳, 何所顧憚哉? 夫千乘之國, 六千里之域, 値鄰國
多事之時, 不爲自薦之謀, 坐受必至之禍, 無是理也. 東
人喜騷繹, 欲效鎭服之雅者, 惡聞憂危之說, 其奈實有可
憂之形何哉? 是何異掩耳偸鍾也? 昔謝安石賭棊東山, 自
謂已別有旨, 能破苻堅百萬之師. 先儒猶病其矯情, 慮其
不走則降. 今日之形, 不啻泥獸之鬪, 而聽者猶欲自掩其
耳, 姑息甚矣. 嗚呼, 自强制敵, 豈無其策? 惟在講而行
之耳. 苟欲有所施爲, 遼·瀋今日之形, 不可不先察. 余故
略昔之沿革, 詳今之形勢, 以告謀軍國者. 十二月初六日,
宿城中記.

---

415 避:『入燕記』에는 '辟'으로 되어 있다.

416 婆猪: 婆猪江으로 일명 佟家江을 말한다.

417 一衣帶水: 저본과『入燕記』에는 '一衣帶'로 되어 있는데 보충하였다.

「月峯記」

道胡家窩棚而西上有山, 曰月峯. 峯自西而來, 陡然野中起, 不甚高, 以其野積, 實萬里無培塿, 峯獨歸峙, 故得遼野全局, 是所處然也. 醫巫閭橫障西北, 黛雲蒼靄, 籠罩其上, 東南則野與天接, 天野之際, 必有蜿蜒之山, 浩漾之海, 不可辨者, 目力窮也. 盡目力而不可見, 則是不能御其廣. 嗚呼, 何其廣也? 其廣如此, 此峯之高, 測之於四裘之曠, 不啻百千萬丈之一寸黍. 百千萬丈之濶, 一攬而盡收之, 其亦高矣. 凡人之見識, 亦類是矣. 林葱芸職, 附地爲生者, 莫不愛惡任私使,[418] 欣戚役心, 畦畛交迁, 陂平不齊, 互相凌高, 卒莫之高. 若有一高着地步恢着心胸者, 拔乎其萃, 其高不過一寸黍之粲, 俯瞰鬪林, 欲界濛濛, 如是野矣, 寧復有京其高者耶? 古語曰: "末俗易高." 此峯之易高, 豈非平野之如末俗也? 人之過此峰者, 見其不甚高而不登焉, 則焉知峰之所眺矚, 如是之軒豁無際, 如巨人之心胸也? 初九日過峰,[419] 到二十里, 小黑山宿.

---

418 使: 『入燕記』에는 '私'로 되어 있다.
419 峰: 月峯을 말한다.

「關外記」

距山海關三百四十六里, 曰大凌河, 自河西行四十八里, 曰松山堡, 自松山西行十八里, 曰杏山堡. 又西數里, 曰塔山堡, 自塔山而西百十里, 曰寧遠衛. 十二月十一日, 發石山站, 過大凌河, 十二日, 過松山, 宿杏山, 十三日, 歷塔山, 宿寧遠衛. 嗚呼, 此皆明季以來百戰之地.[420] 熊廷弼經略遼東, 與巡撫王化貞[421]失和. 化貞常言: "以六萬兵, 一擧蕩平." 廷弼屢止, 不聽, 輕出遇敵, 僅以身免. 廷弼不得已出, 相遇於大凌河, 化貞哭. 廷弼笑曰: "六萬兵一擧蕩平, 果何如?" 崇禎時, 袁崇煥預伏紅夷大砲, 盡豳淸兵於寧遠城外.[422] 洪承疇·祖大樂, 守松山城, 堅守二

---

420 『入燕記』에는 '百戰之地' 뒤에 '天啓時楊鎬, 經略東事, 徵天下兵, 欲以明春出師勦擣, 閣臣方從哲, 日發紅旗替之, 楊不得已出, 諸軍遇敵俱敗, 劉綎之敗在於大凌河.'를 삭제하고 있다.

421 王化貞 : 저본과 『入燕記』에는 '王鳴鶴'으로 되어 있는데 수정하였다.

422 寧遠城外 : 『入燕記』에는 '寧遠城外' 뒤에 '淸人松山碑, 有太祖鼻衄, 下承之以器, 三日不止, 卽指此也.'를 삭제하고 있다. 朴趾源, 『熱河日記』, 「馹汛隨筆」, 1780년 7월 18일, "按今皇帝全韻詩註曰: 崇德六年八月, 明摠兵洪承疇, 集援兵十三萬於松山. 太宗卽統軍啓行, 時適鼻衄, 因行急, 衄益甚, 三日方止, 諸王貝勒請徐行.": 金景善, 『燕轅直指』 권2, 1832년 12월 7일, 〈松山堡記〉. "乾隆皇帝全韻詩註曰: 崇禎六年八月, 明摠兵洪承疇, 集援兵

年, 城外多埋火砲, 淸兵不敢近. 及夏承德[423]內應城陷, 大樂·承疇, 被執而降, 松山·杏山, 一時俱陷, 塔山守將, 知不可守, 自投火而死. 淸人碑, '承德·承疇終背主, 山松·山杏盡連營.' 卽指此也. 常聞大凌河陰雨凄風,[424] 若有愁恨氣. 余氷渡其水, 不知其淺深, 河廣甚濶. 到松山, 觀淸人紀績碑, 時紅日西淪, 朔風吹野, 牛羊成群而下, 乘車歎息而去. 松山·杏山, 皆無城可守. 嘔血臺, 雞鳴山烟臺之第二峰, 稍平可坐, 淸人之所諱也. 暮到寧遠城外宿. 是夜月甚明, 時聞砲聲, 從者曰: "此村人警夜也."

「登寧遠城樓記」

十四日早起, 入寧遠城南門, 觀祖家兩牌樓.[425] 還從前

十三萬於松山. 太宗卽統軍啓行, 時適鼻衄, 因行急, 衄益甚, 三日方止, 諸王貝勒請徐行."

423 夏承德: 저본에는 '賀承德'으로 되어 있는데 『入燕記』를 참고하여 수정하였다.

424 陰雨凄風: 『入燕記』에는 '陰風凄雨'로 되어 있다.

425 祖……樓: 祖大壽牌樓·祖大樂牌樓를 말한다.

路, 欲登城樓, 一覽城制, 從者曰:"有禁." 到城門, 適有
人在樓上, 從者問曰:"可許登否?"曰:"中." 遂從西譙小
門而入, 拾級而上. 樓爲二層, 下層內設溫炕, 樓外置大
椀口砲. 城隍上夾築女墻, 兩墻之間, 可容兩軌. 外墻上
開穴, 以通丸矢, 內墻稍低, 下置穴以洩水. 遼城四圍, 皆
夾墻以周, 登陴者無所走辟, 出入只是門樓旁夾門而已.
城門之外, 築甕城以護門, 旁開一門. 問[426]:"守樓者幾
人?"曰:"八十人." 每夜以鼓鉦報更, 常若臨敵云. 世傳
袁經略[427]之守此城也, 我使浮海入朝, 泊於海口, 登陸抵
城下, 經略傳言開門. 我使入現, 軍中方演雜劇, 一少年
倚一人肩而觀場, 卽經略也. 使臣暗歎曰:"大敵相拒, 乃
使如此少年督師耶?"留幾日, 城中忽戒嚴, 盖敵至也. 我
譯因幹入謁, 門士露刃而立, 入門, 軍校列侍. 經略發氣
滿容, 英威肅肅, 不敢仰視. 俄命軍校一人出視敵, 須臾
又命一人出, 侍立者次第受命出, 惟兩校棒劍而立左右.
居頃之, 忽有大聲震天, 經略以測遠鏡照見, 騎白馬者,
跳騰於黑烟紅燄中而去. 愕然叫曰:"虜酋逸矣." 仍使人

---

426 問:『入燕記』에는 '聞'으로 되어 있는데 誤記인 듯하다.

427 袁經略:遼東經略 袁崇煥을 말한다.

持羊酒勞曰: "愼毋更來." 清太祖忿恚嘔血云. 我使始知
預埋紅夷砲於城外, 覘敵來陣, 從地道引線, 火發地圻,
虜騎如燋炙墜. 金稼齋日記所述傳說,[428] 略與此同. 嗚呼,
今遼·瀋不用兵二百年, 城堡不修, 燧臺多壞. 以瀋陽爲王
跡所基, 稱爲陪京, 自關至瀋七百八十六里之間, 築馳道
盛郵傳, 以待游幸, 非復昔日戎馬之場矣. 余倚城而望,
河流繞前, 平野圓濶, 鷄鳴之山, 竦峙於東南. 宿霧未散,
朝旭初升, 蒼蒼凉凉如也. 劃然一嘯, 遂下樓而行. 到午
店, 語副使·書狀曰: "何爲先行, 不與我同登?" 皆曰: "可
恨." 首譯適在側, 問曰: "山海城樓可登乎?" 曰: "不可
登." "北京城樓可登乎?" 曰: "尤不敢登." 於是益信余之登
斯樓, 爲幸也非例也, 記之所以志其幸也.

---

428 金……說: 金昌業, 『燕行日記』 권2, 1712년 12월 15일. "世傳老酋來襲此
城時, 我國譯官適到此, 謁袁崇煥. 公積萬卷書, 坐一室, 城中寂然. 夜深, 有
一將入來有所告, 袁公點頭. 俄聞城外砲聲震天, 見胡騎飄騰於烟焰中, 或墜
於城內. 蓋預埋紅夷砲於城外, 賊至而發也. 虜之猛將精卒盡於此. 翌朝, 袁
公登城臨視歎曰: '殺人此多, 噫, 吾其不免乎!' 老酋僅以身免, 與數十騎走.
袁公送羊酒慰之謂曰: '後勿更來.' 老酋慎恚, 遂嘔血而死云."

「中前所城門記」

距山海關三十八里, 有城曰中前所. 十五日, 暮過其下, 入門登城, 無麗譙, 城亦多圯, 樓旁夾門亦壞. 然其制大抵與寧遠城同. 登城而望, 他門則有樓存焉, 城中有官署閭閻街樓市肆, 俱極蕭殘, 若修築之, 則亦一關防也. 盖中前·中後, 皆山海關之藩衛也. 啓禎之末, 自廣寧漸失而蹙, 至於撤此所入關而極矣. 淸人入關, 遼·瀋爲陪京根本之地, 則固無事乎修築備禦之具. 故所在城堡多頹廢, 烟臺爲墟設, 時勢然也. 余幼時, 讀『孟子』, '三里之城,[429] 七里之郭.'疑其太小. 又與人論城制, 其人曰: "城隍, 不築內外夾墻, 不設雉堞, 不護甕城, 不繞以濠塹, 不五里七里而四十里, 不置之於平衍通逵之地, 而置之山僻險阻之處, 則非城也." 余又疑其不然, 後漸知其然. 今驗之於目, 信其言之有所以然. 不築夾墻, 則登陴者, 臨危易走矣. 不雉不濠不甕門, 則敵將附城而斫關矣. 廣而不狹, 軍民衆多, 則糧易匱而將內變矣. 僻而不逵, 則山谿阻隘,

---

429 三里之城: 저본과 『入燕記』에는 '五里之城'으로 되어 있는데 『孟子』「公孫丑下」에 근거하여 수정하였다.

敵將守其外而過之攻他矣. 是所以爲非城也. 東國三韓之時, 各統數十百國, 自相侵攻. 故春夏農作于野, 秋冬收入保聚於山谷之間, 累石爲防, 名之曰城. 人民多聚處, 謂之曰谷, 谷之方音, 卽古乙也. 今猶釋邑爲古乙, 以邑者民人所聚也. 釋城曰才, 才之訓卽峴也. 此皆東國城必在山之訂也. 累石爲防之時, 寧有雉墻濠瓮之制哉? 後之爲國者, 習於此, 惟知拓而大之而已, 仍不講雉墻濠瓮之制, 惟知依山爲城, 不欲降邱宅土. 是以高麗困於<u>江華</u>, 元人以坐守孤島爲笑, 國家御于<u>南漢</u>, 淸人以蹂躪八道爲嚇. 山城之無補於國, 有如是矣. 鄙意則就漢師都城, 築十字城於城中而四分之, 各立一門而通行焉, 各具宮室府署倉廠. 若一城破, 移守一城, 又一城破, 又移守一城, 敵人必不能一時盡圍四十里之城, 到三城俱破, 當費許多月. 外必有赴援之兵, 內亦爲備禦之方. 於是乎北漢之城, 亦爲角距之勢, 南漢之城, 足爲聲援之助矣. 雖壬辰·丙子之難, 足以守禦, 以待八方勤王之師矣. 今<u>中</u>前城, 不過一小亭障, 而其制與大城同, 豈非中國城制莫不如是耶? 余於此, 不勝感慨, 牽連書之, 以見素志.

「姜女廟記」

山海關外八里, 仍稱八里堡. 一埠起於平野, 不甚高,
上有巖, 巖下有廟, 曰姜女廟. 廟旁有淸皇帝行宮, 宮之
北有亭今圮, 驗其礎, 盖六稜也. 姜女, 或曰:"秦城役夫
之妻, 望其夫不還, 遂化爲石." 或曰:"石上有屧跡, 姜女
之所跋也." 或曰:"孟姜, 姓許氏, 其夫曰范." 或曰:"杞
梁之妻." 或曰:"此爲望夫石祀之, 未知昉於何時." 有萬
曆間人紀詩⁴³⁰碑. 其塑像流睇遠望, 悲愁滿容, 千載之下,
見之傷惋. 秦之築長城, 役夫勞苦, 作魚游河歌,⁴³¹ 使姜
女聞之, 尤當於邑. 登六稜亭墟, 北望群山, 南臨滄海, 遼
野平圓, 長城繞繚. 亭之勝狀, 不可殫道, 固足爲游幸宴
覽之賞. 若離人征婦遇斯境, 其有不凄然泣下者乎? 十六
日記.

---

430 詩: 저본에는 '時'로 되어 있는데 『入燕記』를 참고하여 수정하였다.

431 魚游河歌: 일명 魚游河曲으로 진나라가 장성을 쌓을 때 백성이 불렀다는
     노래를 말한다. 崔致遠, 『孤雲集』권 3, "秦築長城, 民作魚游河曲, 鬼有怨
     恨之聲."

「山海關記」

十二月十六日, 自中前所早發, 午憩八里堡, 覽姜氏廟.[432] 五里而登四方城, 城距山海關纔數三里, 盖關外之斥候墩臺也. 其制甚奇, 未知戚紀效書[433]亦有此否. 四方築甀爲城, 方二十餘步, 四隅各有雉垜. 南有虹門, 外設瓮城而今圯, 尙有兩旁門之址. 從虹門入其中, 地平方十餘步. 城上之隍可五步, 城高可五六丈. 四正隍底, 設藏兵之所. 若虹門然者各五, 其南則虹門之通出入者居其一. 四隅各設梯級, 以便捨登. 登其上, 四隍外設女墻, 其垜亦各爲五, 四隅之雉, 各方二步. 西望山海城樓, 縹渺聳出於烟靄之間. 或云: "舊鑿地道, 自關內達之于此." 未必然, 而[434]遂入關. 關內坐山海關將, 以譏一行. 將觀望海亭, 當自此捨西而南, 若自亭徑還紅花店之宿頭, 山海重關之制, 不可一齊領略. 故於是送同行, 從南先往, 余獨直入重關, 到新築土城處, 周覽後還復出, 來往望海亭. 關世稱五

---

432 姜氏廟: 姜女廟를 말한다.

433 戚紀效書: 戚繼光이 저술한 『紀效新書』를 말한다. 저본과 『入燕記』에는 '戚紀茅書'로 되어 있는데 수정하였다.

434 而: 『入燕記』에는 없다.

重門, 今信然. 第一門爲護關之瓮城, 第二門爲山海關, 而
揭天下第一關扁, 洪武時蕭顯筆也, 此是正關門. 第三門
爲十字街樓, 四通爲門. 第四門揭祥靄扶[435]桑扁, 卽亦關
門. 第五門又榑桑之瓮城. 五門之間, 有營署市廛閭閻, 幾
亘四五里. 關處於遼闊渺茫之地, 不可只防一面而止. 故
內亦立城, 而屬之外城, 自爲護防, 作一城池. 是以榑桑之
瓮城, 旁爲砲樓, 置大椀砲於三面, 而其口向西南北, 是自
爲一城, 而不止禦東面也. 入榑桑瓮城, 有大川, 川之上有
橋,[436] 過橋而西, 市廛夾路幾一里. 又有門, 入其門, 有川
而橋, 曰臥牛橋. 川之上有土築新城, 此今夏爲備海警屯
守而設也. 不出榑桑瓮城, 可以直往望海亭云. 故循城而
往, 不數里有門, 與從南先行者之路相會. 又行數里, 遠見
長城有頹圮處, 是爲吳三桂撤毁以邀淸師入者云. 長城者,
秦人之所築, 止于角山寺, 徐中山補, 自角山入海而止,[437]
中設是關, 城之尾建望海亭, 亭別有記.

435　扶 : 『入燕記』에는 '榑'로 되어 있다.

436　有橋 : 『入燕記』에는 '有橋'뒤에 '曰也五橋'를 삭제하고 있다.

437　長……止 : 李岬, 『燕行紀事』, 1778년 2월 20일. "蓋古長城, 在永平府城北
　　七十里, 卽蒙恬所築. 此城則徐中山達, 洪武初, 拓舊長城而增築之, 直至海
　　濱, 達于山海關."

「望海亭記」

邐迤山野而頓于海者, 山海城, 陡然竦峙于城之巓者,
望海亭, 今稱澄海樓. 其地稍高, 樓又二層, 望之特高. 登
其上, 俯臨滄海, 天水相接, 浩瀁無際. 從者指東之一華
表立于海濤中曰: "此碣石." 其果然歟. 此天啓以後朝天
之海也. 初由之路甚徑便, 丁卯後改路以迂之, 風濤險惡,
覆敗相續, 猶不替貢獻之儀. 及丙子, 毅宗皇帝命登萊巡
撫陳洪範, 率舟師往援, 兵未出海, 毛文龍以屬國不守馳
報, 天子責洪範之緩救, 憫弱國之不支.⁴³⁸ 鳴呼, 皇朝之
恩, 海猶淺也. 始文龍據東江鎭,⁴³⁹ 責糧餉於我, 我時積
弱. 袁崇煥受命守關, 會文龍於雙島.⁴⁴⁰ 文龍曰: "朝鮮衰
弱, 可掩而有之." 崇煥盆惡之, 因座斬之, 朝鮮之免外患,
崇煥之力也.⁴⁴¹ 熊廷弼欲撫文龍, 連綴朝鮮, 崇煥則誅之,

---

438 及……支: 朴趾源, 『熱河日記』,「馹汛隨筆」, 1780년 7월 15일. "丙子淸兵
之來也, 烈皇帝聞我東被兵, 急命總兵陳洪範, 調各鎭舟師以赴援. 以山東巡
撫顔繼祖, 不能協圖匡救, 下詔切責之.": 金景善, 『燕轅直指』권6,「留館別
錄」,〈眺覽交游〉. "丙子淸兵之來也, 烈皇帝聞我東被兵, 急命總兵陳洪範,
調各鎭舟師以赴援. 以山東巡撫顔繼祖, 不能協圖匡救, 下詔切責之."
439 東江鎭: 평안도 철산부 앞바다에 있는 椵島를 말한다.
440 雙島: 중국 遼寧省 遼東半島 旅順에 있는 섬을 말한다.

皆由時勢異也. 清人旣講和於我, 歸破東江,[442] 島弁孔有德·尙可喜·耿仲明, 後先投降.[443] 於是遼·瀋無海虞, 而專意西侵. 我以柳琳·林慶業, 率舟師助攻錦州. 後慶業慟王室之衰, 脅舟人浮海入中國, 値天子殉社, 淸兵入都, 遂被執. 丙丁之後, 朝天之使, 不復航海, 潛遣僧獨步, 以訴力弱見屈狀,[444] 皆在此海. 倚亭而望, 雲濤萬里, 乾端坤倪, 杳不知其何所, 俯仰今古, 不禁噓嘆.[445] 昔吾夫子曰: "道不行, 乘桴浮于海."[446] 嗚呼, 吾道非歟? 曰: "道之不

---

441 始……也: 黃景源,『江漢集』권2,「與李觀察〔第二書〕」, "史稱崇煥由海上入雙島, 文龍來會, 至夜半, 與相燕飮. 文龍曰: '朝鮮衰弱, 可襲而有也.' 崇煥大怒. 六月五日, 邀文龍, 觀將士射, 設帳山下, 令參將謝尙政等伏甲士. 文龍旣至, 其部卒皆不得入. 崇煥頓首請帝命曰: '臣崇煥今誅文龍, 以肅三軍.' 於是乃取尙方劍, 斬于帳中. 使崇煥不斬文龍, 則屬國必爲文龍所襲矣, 三百年宗廟社稷求無亡, 不可得也. 然則崇煥爲屬國除殘賊, 何其神哉?": 成海應,『硏經齋全集續集』권15,「風泉錄」,〈題月沙集論撫鎭合揭箚後〉, "毛文龍在椵島, 亦嘗覘覘我國, 言于袁經略曰: '朝鮮衰弱, 可襲而有也.' 向微經略誅文龍, 國家安得無憂乎?"

442 東江: 東江鎭, 椵島.

443 投降:『入燕記』에는 '投附'로 되어 있다.

444 潛……狀: 黃景源,『江漢集』권30,「明陪臣傳〔四〕」,〈林慶業〔附僧獨步〕〉참조.

445 噓嘆:『入燕記』에는 '噓欷'로 되어 있다.

446 道……海:『論語』,「公冶長」, "道不行, 乘桴浮于海." 참조.

行也, 命也."[447]　小子當爲取材之<u>仲由</u>,[448]　擊磬之<u>師襄</u>[449]
乎?

「登<u>盧龍</u>煙墩記」

自<u>瀋陽</u>西可四百里, 未及<u>小黑山</u>五里, 有烟墩. 自此或
在路傍, 或在山頂, 千里相望. 其制以甓築, 高六七[450]丈,
在關外者, 其體圓, 入關內則方築. 上有小屋, 前設烽所,
其形若壺, 其數必五. 余欲一登, 而行忙未果. 及到<u>盧龍
縣</u>之十八里堡, 使從者視其可登與否, 曰:"有梯可登." 遂
登焉. 方三步, 外築女墻, 中之小屋, 劣容兩人坐. 四望廣
濶, 可極目力所及. 嗚呼, 此<u>熊廷弼</u>之所設也.[451] 廷弼受

---

447 道……也:『中庸』. "道之不行也, 我知之矣. 知者, 過之, 愚者, 不及也. 道
之不明也, 我知之矣. 賢者, 過之, 不肖者, 不及也." 참조.

448 仲由: 공자의 제자 子路로 중유는 그의 字이다.『論語』,「公冶長」. "子曰:
道不行, 乘桴浮于海. 從我者, 其由與! 子路聞之喜, 子曰 由也好勇過我, 無
所取材."

449 師襄: 춘추시대 魯나라 樂官 師襄子를 말한다.『論語』,「微子」. "擊磬襄,
入於海." 참조.

450 六七:『入燕記』에는 '五六'으로 되어 있다.

命於高第敗軍之後, 疾馳赴關, 繕修城垣, 嚴明約束, 數
月之間, 守備大固. 烟臺之設, 盖在其時. 第未知關內先
有烟臺, 而廷弼遠斥堠, 補設於關外歟. 今記所登之臺,
以見其制. 是夕宿永平府.

「登明遠樓記」

十九日早起, 入永平府城, 登明遠樓. 樓在知府衙門之
內, 聳出閭井之上. 週覽一城, 內外無遮部, 野外群山四
繞, 西南一帶, 河流如練, 曰青龍河. 朝日瞳瞳初出, 曙月
餘魄, 猶在天涯. 俯見城中, 人家尙多未開戶, 街術殖殖
如洗. 有一人乘四人轎, 從者騎而前者數人, 步而導者亦
數人, 入知府衙門. 問之, 云:"今當歲底, 知縣詣府, 與知
府會坐閉印, 例也." 樓上層揭阮常生[452]記, 阮卽芸臺[453]之

---

451 此……也: 韓弼敎, 『隨槎錄』권2, 「遊賞隨筆」, 〈小黑山〉, "自新店十五里,
始見煙臺. 以甎築之, 高七八丈, 上平而周以女墻, 四面無梯可登, 蓋所以謹
瞭望擧烽燧者也. 或言熊廷弼所築云."참조.

452 阮常生: 阮元(1764~1849)의 큰아들로, 호는 小雲이며 벼슬은 戶部郎中·
永平知府 등을 지냈다.

哲嗣, 嘗知是府, <u>洪淵泉</u>[454]相公, 赴燕過此, 以書相訊, 贈以芸臺所編『校勘記』.[455] 今之知府者, 未知何人, 亦有風流儒雅如昔人否. 第聞仕宦人, 不喜與我人遊, 輒辭以無外交之義. 我使亦不可自輕, 必欲交妄自矜重之類, 如此輩不與之交, 可也, 亦或有博雅虛懷之君子, 交臂相失之歎歟. 徘徊悵望, 若有所竚者, 久而後下樓. 旁畫大仙像, 前有兩銅箱.[456] 從者曰: "注水于箱, 時聞鐘鳴響." 未知何所用. 旁近有<u>姜太公</u>祠而不入. <u>太公</u>又何爲祀於此耶? 府卽<u>漢</u>之右北平, 有<u>李將軍</u>射虎石, 路迂行忙, 亦不得往見.

---

453 芸臺：阮元(1764~1849). 자는 伯元, 운대는 그의 호. 『皇淸經解』・『十三經注疏校勘記』 등을 편찬 혹은 교감하였고, 청대 고증학을 집대성한 인물로 평가받는다.

454 洪淵泉：洪奭周(1774~1842). 본관은 豐山, 자는 成伯, 호는 연천, 시호는 文簡. 1795년(정조19) 문과에 급제하여, 벼슬은 충청도관찰사・이조판서・좌의정 등을 역임했다. 1803년 謝恩使의 서장관으로, 1831년 謝恩正使로 북경에 다녀왔다. 저서로 『연천집』・『學海』・『鶴岡散筆』 등이 있다.

455 嘗……記：韓弼敎, 『隨槎錄』 권5, 「班荊叢話上」, 〈上使與永平知府阮常生往復書〔九月十四日癸亥〕〉. "其書曰 … 而又伏聞芸臺先生, 有十三經校勘之記, 若獲一本, 歸以嘉惠于海左, 則是又平生之大願也. … 遂離發, 至野鷄坨, 從者追到, 手納『校勘記』共六套及其答書. … 家大人『十三經校勘記』, 尙餘一部, 謹交來使, 奉上望檢收." 참조.

456 箱：저본에는 '籥'로 되어 있는데 『入燕記』를 참고하여 수정하였다.

「清節廟記」

廟曷爲以設？ 祀伯夷·叔齊也． 伯夷·叔齊, 曷爲以祀于
此？ 是地爲孤竹舊墟故祀之． 舊墟惡乎在？ 在永平府西二
十里灤河之上． 孤竹受封, 在於何時？ 殷湯封禹後於此,
其氏曰墨胎． 『孔叢子』注曰： 孤竹君, 姓墨,〔音眉〕 名台
初.〔台音怡〕[457] 按二子, 讓位歸西伯,[458] 諫武王之代商, 登
西山採薇而食, 辟周粟也.[459] 廟之建於孤竹, 不亦宜乎？
昔齊桓公, 束馬懸車, 踰孤竹, 伐山戎, 此其地也歟.[460]
居人名其後山曰首陽, 是則未必然． 天下有五首陽, 其辨
甚多, 未可以此山確謂之夷·齊所登也.[461] 廟之刱, 在於元

---

457 其……怡: 金昌業,『燕行日記』권3, 1712년 12월 21일. "按孤竹君, 殷湯十
有八祀三月丙寅所封禹後也． 姓墨胎氏． 一云孤竹君, 姓墨,〔立眉.〕 名台
初.〔台音怡,『孔叢子』註.〕": 黃梓,『甲寅燕行錄』권2,「度關錄」, 1734년 9
월 1일. "其西曰: 商湯十有八祀封孤竹國． 按孤竹君, 姓墨胎氏.〔或作墨台.〕
一云孤竹君, 姓墨,〔立眉.〕 名台初.〔台音怡, 見『孔叢子』註.〕"

458 西伯: 周文王을 말한다.

459 按……也: 司馬遷,『史記』,「伯夷列傳」참조.

460 昔……歟: 司馬遷,『史記』,「齊太公世家」. "齊桓公救燕, 遂伐山戎, 至于孤
竹而還.": 權復仁,『隨槎閑筆』下,「灤河夷齊廟」,『史記』: '齊桓公, 北伐山
戎, 至于孤竹.' 是矣."

461 天……也: 李岬,『燕行紀事』, 1778년 2월 17일. "按世稱首陽山, 凡有五處.

世祖時, 庭碑云. 兩像皆塑, 以王者冕服, 冕垂十二旒, 尊奉之至也. 三使同行, 再拜禮于庭, 虔審殿內, 略覽庭碑扁額. 此皆詳前人所述, 不復贅. 正殿後有淸風臺, 臺上有樓, 北臨灤河, 淸爽可意. 河有洲, 洲中有孤竹君祠. 觀于廟者, 眩於行宮之侈麗, 雜糅記述, 非徒使觀其記者, 艱于辨別, 非所以尊禮古賢人之道. 故今特記淸節廟.

或曰在河東蒲坂華山之北河曲之中, 或曰在隴西, 或曰在洛陽東北偃師縣, 或云在遼城, 或云避紂居北海之濱. 雜出於傳記者, 皆有所據, 而地理誌言, 永平府城東南十五里, 有碣山, 一曰陽山, 此卽首陽山. 又曰: '盧龍縣南二十里, 有孤竹古城, 今灤河之左, 峒山之陰, 有孤竹祠.' 以今考之, 此祠實在山之陰水之左, 而自州城論之, 則政在西北, 謂之在南者何耶? 豈古之縣治, 則在於灤水之北而然耶? 是未可知也.": 朴趾源, 『熱河日記』, 「關內程史」, 〈夷齊廟記〉. "中國之稱首陽山, 有五處. 河東蒲坂華山之北河曲之中, 有山曰首陽, 或云在隴西, 或云在洛陽東北, 又偃師縣西北, 有夷齊廟, 或云遼陽有首陽山, 雜出於傳記, 而孟子曰: '伯夷避紂, 居北海之濱.' 我國海州, 亦有首陽山, 以祠夷齊, 而天下之所不識也.": 金景善, 『燕轅直指』권2, 「出疆錄」, 1833년 12월 14일, 〈首陽山記〉. "按中國之稱首陽山有五. 河東蒲坂華山之北河曲之中, 有山曰首陽, 或云在隴西, 或云在洛陽東北, 又偃師西北, 有夷齊廟, 或云遼陽有首陽山, 而孟子曰: '伯夷避紂, 居北海之濱.' 無或指此而言耶?"

「灤河行宮記」

灤河行宮者，清帝幸灤時，停憩之所也．複殿重樓，略具禁籞規度，閣道周縵，別館窈靚，雕窓鏤戶，碧栱椽楹．想見輪奐之初，金碧炫耀人心目，今皆黝暗，窓闥破碎，簷宇摧朽，至有全頹者，荒垣敗壁，見極愁慘．猶有掌門匙者，在永平府，瞯東使之來，隨來開視，例受情物．清節廟，有僧守之，兼管行宮，自言：“近有强人，來據此中劫貨，逃避十餘日始還云.”清帝自道光以後，不復幸灤．故所在離宮，無不頹圮．姜女廟旁行宮，亦見其壞敗無餘．如欲重修諸行宮，工費當爲鉅萬，目今之勢，恐無暇及．清人之事，於此，亦可見其衰倦矣．

「榛子店記」

榛子店者，故鎮之市店也．有城堞門關而俱廢，市廠閭閻，亦舊盛而今殘，固無足稱也．以有季文蘭一段情事，東國人輒稱之，到此必徘徊感歎，題詩而咏其事，此事始見於『息庵集』．[462] 盖戊午歲，江右女子季文蘭，被擄往瀋陽，題詩店壁曰：“椎髻空憐昔日粧，征裙換盡越羅裳．爺

孃生死知何處, 痛煞春風上瀋陽." 小序云: "奴江右虞尙
卿秀才妻, 被擄爲王章京所買. 惟望天下有心人, 見此憐
而見拯." 其後金稼齋入燕過此, 次其詩曰: "江南女子洗
紅粧, 遠向燕雲淚滿裳. 一落殊方何日返, 定憐征雁每隨
陽." 詳其記意, 已不見其浣壁原詩矣.[463] 柳下洪世泰詩
曰: "江南江北鷓鴣啼, 風雨驚飛失舊棲. 一落天涯歸不
得, 瀋陽城外草萋萋."[464] 後朴燕巖入燕, 傳其事於中州諸
名士, 莫有知者. 奇豐額, 滿洲人也, 聞之感慨, 題一詩
曰: "紅粧朝落鑲黃旗, 笳拍傷心第五詞. 天下男兒無孟
德, 千金誰贖蔡文姬."[465] 此皆東國人所闡發, 中州文士所
纂述, 未嘗少見. 盖榛子爲東使所經, 文蘭入瀋陽後, 則
爲戎馬武力之區, 非中州文人採訪所及, 則宜其不傳矣.
獨注牧齋詩者, 引用文蘭事, 卽文蘭入瀋後詩也. 其詩序
曰: '余生長會稽, 幼攻書史. 年方及笄, 適與燕客遇, 嗟
林下之風致, 事負腹之將軍. 加以河東獅子, 日吼數聲.

---

462 此……集: 金錫胄, 『息庵遺稿』 권6, 「擣椒錄〔上〕」, 〈榛子店主人壁上, 有
   江右女子季文蘭手書一絶, 覽之悽然, 爲步其韻.〉 참조.

463 其……矣: 金昌業, 『燕行日記』 권3, 1712년 12월 22일 참조.

464 江……萋: 洪世泰, 『柳下集』 권1, 「題季文蘭詩後」 참조.

465 後……姬: 朴趾源, 『熱河日記』, 「避暑錄」 참조.

今朝薄言往愬，逢彼之怒，鞭筲嚴下，辱等奴婢. 余氣溢
塡胸，幾不能起. 嗟乎，余籠中人耳，死何足惜？但恐委
身草莽，湮沒無聞. 是以忍死須臾，俟[466]同類睡熟後，竊
至後亭，以淚和墨，題三詩于壁，並書出處. 庶知音讀之，
悲余生不辰，則余死且不朽. 銀紅衫子半蒙塵，一盞孤燈
伴此身. 恰似梨花經雨後，可憐零落舊時春. 終日如同虎
豹游，含情默坐恨悠悠. 老天生妾非無意，留與風流作話
頭. 萬種憂愁愬與誰，對人強笑背人悲. 此詩莫把尋常看，
一句詩成千淚垂.'[467]

466 俟: 저본에는 '伺'로 되어 있는데 『入燕記』와 『明皐全集』을 참고하여 수정
　　하였다.

467 其……垂: 徐瀅修, 『明皐全集』 권1, 「次會稽女子題新嘉驛壁詩韻〔三首〕」.
　　"新嘉驛壁，有會稽女子題詩. 其自序云: 余生長會稽，幼攻書史. 年方及笄，
　　適與燕客，嗟林下之風致，事負腹之將軍. 加以河東師子，日吼數聲. 今朝薄
　　言往愬，逢彼之怒，鞭筲亂下，辱等奴婢. 余氣溢塡胸，幾不能起. 嗟乎，余籠
　　中人耳，死何足惜？但恐委身艸莽，湮沒無聞. 是以忍死須臾，竢同類睡熟後，
　　竊至後亭，以淚和墨，題三詩于壁，並叙出處. 庶知音讀之，悲余生不辰，則
　　余死且不朽. 詩云: 銀紅衫子半蒙塵，一盞孤燈伴此身. 恰似梨花經雨後，可
　　憐零落舊時春. 終日如同虎豹遊，含情默坐恨悠悠. 老天生妾非無意，留與風
　　流作話頭. 萬種憂愁訴與誰，對人強笑背人悲. 此詩莫把尋常看，一句詩成淚
　　千垂. 好事者爭郵傳播於一時，記述嗟賞之篇，雜見於諸家集中." 참조.

「豐潤縣學記」

至聖先師孔子神位, 尊之至也, 加以王稱, 非禮也. 大成至聖文宣王之稱, 昉於元時,[468] 我國仍之不改.[469] 殿內四聖配焉, 十哲從享, 東又升配有子, 西又升配朱子, 皆有深意, 而尊朱子至矣. 兩廡腏享孔門諸子歷代群儒, 一如太學之制. 有銅鼎一坐, 象尊一坐, 得於土中. 鼎內有款識, 尊以青瓷造, 微有剝損, 不知何代物.[470] 托助教李加勳搨款銘, 仍疏得鼎尊來歷·容量·徑圍, 待還歸時見遺. 助教之子, 增光年二十, 端穎可愛. 因與助教書曰: "錫愚禍邦陋儒, 獲瞻夫子之廟, 退蒙助教丈垂接, 陪奉雅誨.

---

468 至⋯⋯時: 唐 玄宗 때 '文宣王', 宋 眞宗 때 '玄聖文宣王'과 '至聖文宣王'으로 바뀌었고, 元 武宗 때 '大成至聖文宣王'이 되었으며, 明 世宗 때 다시 '至聖先師'로 바뀌었다.

469 我⋯⋯改: 李廷龜, 『月沙集』 권33, 「辛亥年殿試策題」, "至於孔聖之號, 中朝則稱以至聖先師, 我國則稱以大成至聖文宣王, 何者爲是, 而我國所稱, 則倣於何代歟?" 참조.

470 有⋯⋯物: 洪大容, 『燕記』, 「沿路記略」, "豐潤縣學有古鼎, 體圓兩鉉三足, 足爲牛形. 內有款識曰: '惟八月丙寅, 帝若考古, 肇作宋器. 審厥象作牛鼎, 格于太室, 從用亨. 億寧神休, 惟帝時保, 萬世惟永賴.' 又一瓦犧樽, 青黃雜彩, 制亦古雅, 上有盖. 主者言: '文廟創建時, 得之地中.' 或云: '南宋孝建元年八月二日作, 以享太廟.' 未知孰是."

令胤端穎秀朗, 對之可愛. 其所感幸, 不可以毫墨喩. 銅鼎象尊, 又荷出示, 何等眷撫之至. 第行事倥傯, 未能久坐閱玩, 心如惄飢, 夜不能寐. 謹將粉紙一幅仰呈, 命侍者折爲幾片, 精搨鼎銘, 仍疏鼎尊來歷·容量·徑圍于其旁. 又命畵工摸鼎尊之象以置之, 明春還歸時, 若蒙投贈, 携歸東方, 當與博雅好古君子, 共翫感誦, 助敎丈撫存勤意矣. 不宣. 庚申十二月二十一日, 朝鮮<u>申錫愚</u>[471]再拜白."

「枯樹記」

枯樹, 在<u>玉田縣</u>西三十里彩亭橋西十里. 店之北有山, 山凹處有一樹亭亭然, 遠望之, 婆娑不高. 傳爲不生不死, 故得枯樹之名. 余駐車, 命從者問於店人, 答云: "春夏發葉開花, 花色黃, 非枯樹也." 然則以枯樹稱, 未知何故.[472]

---

471 申錫愚 : 저본에는 '申□□'로 되어 있는데 『入燕記』를 참고하여 보충하였다.

472 枯……故 : 金昌業, 『燕行日記』 권2, 1712년 12월 24일. "西北山上有大樹, 或言: 此乃枯樹, 村名以此而得. 閔參判聖猷, 今夏歸自北京言: '此樹枯死已久. 若生葉, 則眞主起. 自古傳說如此, 而近來此樹, 又有生氣, 人皆異之云.' 遂令驛卒折而來, 果有生氣. 然此樹本來枯死與否, 旣不可知, 而去路頗遠,

尹學士稚沃[473]曰：“此樹獨立於山麓，謂之孤樹，其時從者之所告云.”其言或近是歟.[474] 行五里，有宋家庄.

「宋家庄記」

螺山店，薊州界也，南數里，有宋家庄. 宋氏家富豪，築城壘，自保於淸人入關之時. 其時寡妻持門，故謂之宋寡婦庄. 十二月二十二日，發玉田縣，行三十餘里，過彩亭

驛卒之折來者，有同圉圉之魚，亦安知必爲其枝也?”：金景善，『燕轅直指』권2,「出疆錄」, 1832년 12월 17일,〈枯樹記〉.“枯樹店北數里許，山上有一株大枯樹，槎枒特立，不知幾百年物也. 稼記云：‘閔參判聖猷，今夏歸自北京言：此樹枯死已久. 若生葉，則眞主起. 自古傳說如此，而近來此樹，又有生氣，人皆異之云. 遂令驛卒折而來，果有生氣. 然此樹本來枯死與否，旣不可知，而去路頗遠，驛卒之折來者，有同圉圉之魚，亦安知必爲其枝也云.’”

473 尹……沃：尹堉(1803~?). 본관은 坡平, 자는 치옥, 시호는 孝憲. 尹宗儀의 숙부로, 1844년(헌종10) 增廣試에 급제하여, 벼슬은 호조참의·이조참판·경주분윤 등을 역임했다. 1850년 謝恩使의 서장관으로 북경에 다녀왔다.

474 此……歟：金學民,『薊程散稿』, 1822년 12월 22일.“路過枯樹嶺店. 北山回處，立一大樹乃槐也，店以此名. 然此樹實未嘗枯，仰見枝茂如車蓋. 路逢一人，問：‘店以枯樹名，而此樹却不枯，何也?’答云：‘孤樹店，非枯樹店. 蓋此處諸山，皆無一木，獨此樹孤立云云.’其言似是.”

橋·大小枯樹店, 到螺山, 迂行四五里, 已遠見宋家樓, 竦
出野際. 造其門, 請主人相見, 老人名靄蘭, 年六十三, 乍
出旋入, 似有病也. 其二子延客叙話, 長名舒悍, 次名舒
恂.[475] 余問其先世禦亂全家事蹟, 以謂: "其七世祖之翰,
幼承太碩人慈訓. 至鼎革時, 年爲三十三四歲, 其保家之
策, 實自籌畫. 事蹟得於聞知者居多, 若家乘, 未能詳載,
以有礙也. 國初罰銀, 交一千三百有零, 至咸豐初年, 用
鈔故少, 猶爲七百多金.[476] 愚兄弟現忝學宮, 奉祖父命,
不求仕進矣. 舍下虛聲遠播, 蒙貴國明公光顧者屢矣." 仍
問: "申澹人[477]好在否?" 曰: "澹人日賦詩健飮." 初欲書飯
字, 稍涉不韻, 且念澹人此時, 廚烟必空, 故書以飮字. 與
書狀相視而笑. 余求見庄舍, 二君導之入. 歷前堂, 入其

475 老……恂: 徐慶淳, 『夢經堂日史』편5, 「玉河旋軺錄」, 1855년 12월 25일.
"問兩少年姓名, 則是兄弟, 而兄名舒悍, 弟名舒恂, 俱登鄕薦, 現帶廩生名,
文筆俱有英妙. 老主人年逾五十, 儀容沈靜恬簡, 名靄蘭, 號香巒."

476 國……金: 金景善, 『燕轅直指』권2, 「出疆錄」, 1832년 12월 17일, 〈宋家城
記〉. "淸人之入也, 累攻不下, 明亡始降. 淸人怒之, 歲罰銀千兩, 家計漸敗.
康熙末, 代輸馬草千束. 城中十餘大戶, 皆宋氏, 而奴婢尙有五六百人云."

477 申澹人: 申佐模(1799~1877). 본관은 高靈, 자는 左人, 호는 담인. 1835년
(헌종 1) 증광문과에 급제하여, 벼슬은 춘추관편수관, 이조판서 등을 역임
했다. 1855년 進慰進香使의 서장관으로 북경에 다녀왔다. 저서로 『담인집』
이 있다.

內舍, 又出其北戶, 上一樓, 外築甋甓, 穹其中. 歷梯十四級, 下設板, 旁穿紅門, 以便四望. 又上十四級爲中層, 又上十四級爲上層, 此卽野際竦出者也. 四周垣墙, 堅厚如城, 多有頹圮處. 樓盖覘敵之所, 而指揮一村備禦者也, 如大城之有將臺·砲樓也. 其高甚危, 懍不可久留, 回到談所. 余曰: "尊先世事蹟, 必無不載文字之理, 在此雖有礙, 東國之人, 甚重此等文字. 若得携歸, 當爲傳後之寶, 幸賜一本於東歸之時." 曰: "謹如敎." 余又曰: "祭祀尊七世祖時, 必當用前代衣冠矣." 曰: "卽用本朝禮儀. 所謂葬以大夫, 祭以士之義[478]也." 仍曰: "先祖禦難衛家於鼎革之際, 而今又當騷擾之時, 無術自保, 不勝憂慨." 余曰: "旣承是示, 當有所仰扣矣." 仍問北京聲耗, 對曰: "皇上於八月八日, 巡幸熱河, 花沙納[479]等已與洋人, 立約暫和. 若論大勢, 尙未知伊於胡底." 其談草亦不扯毁, 余仍起拾

---

478 葬……義: 『中庸章句』. "父爲大夫, 子爲士, 葬以大夫, 祭以士. 父爲士, 子爲大夫, 葬以士, 祭以大夫."

479 花沙納: 1806~1859. 자는 毓仲, 烏米氏, 蒙古正黃旗人. 1832년(도광 2) 진사에 급제하여, 벼슬은 편수·이부상서 등을 역임했다. 1859년 4월 영국·프랑스 연합군이 大沽口를 점령하자, 大學士 桂良과 함께 天津에 가서 강화하고, 5월 天津條約을 체결한 바 있다.

曰：“欲與副行人同覽.” 又爲首肯, 盖副使先往午站而不
入故也. 留約明春更來而起. 嗚呼, 其時大城巨鎭, 納關
獻門之不暇, 宋氏乃能以數丈村堡, 禦乘勢長驅之兵, 終
始自保. 雖因豪富自雄, 匪有出人之智略, 死長之誠心,
豈能辦此? 闖賊[480]自西而東, 犯攻寧武, 總兵周遇吉,[481]
悉力拒守, 力盡而死, 妻劉氏, 登屋發瓦, 以擊賊亦死. 自
成[482]慮前頭諸城, 亦皆如是, 欲退還陝西, 而宣府·大同降
書至矣. 於是無所梗閡於犯京之路, 而曹化淳[483]輩, 開[484]
門迎降, 皇帝鳴鍾集百官, 而無一人至. 嗚呼, 尙忍言哉?

---

480 闖賊：李自成(1606~1645)으로, 明末 농민 반란의 지도자이다. 처음에는
驛卒이었는데 延綏의 기근을 기화로 봉기하여, 闖王으로 자칭하였다.
1644년 명나라를 멸망시켰으나 이듬해 吳三桂를 선도로 하는 淸軍에게 패
하여 죽었다.

481 周遇吉：?~1644. 자는 萃菴, 시호는 忠武, 遼東錦州人. 명나라 장수로 寧
武關 전투에서 李自成의 군대와 맞서 싸우다 전사했다.

482 自成：李自成을 말한다.

483 曹化淳：1589~1662. 명나라 崇禎 연간의 환관으로, 자는 如, 호는 止虛子,
武淸王慶坨人. 1644년 李自成이 居庸關을 지나 北京을 쳐들어오자, 居庸
關守關太監 杜之秩이 이자성의 명령을 받고 자금성으로 돌아와 조화순을
향해 항복을 설득하였으나 담판이 깨지고 말았다. 3월 8일 조화순이 彰義
門을 열고 투항하자, 농민군이 외성을 점령했다. 숭정제는 煤山에 올라 목
매어 자결하였다.

484 開：저본에는 ‘閉’로 되어 있는데 『入燕記』를 참고하여 수정하였다.

若使如宋氏者, 守宣大之關, 其偉功壯略, 宗社寔賴. 惜乎, 宋氏之自保其家, 卽宰相不用人之罪也. 余將詳其事蹟, 立皇明遺民傳.

「滹沱河記」[485]

三河縣, 古漢臨泃縣地, 未及五里有水, 名滹沱河. 此地近於薊州, 故世以光武攻王郎, 薊州反應郎, 光武走滹沱河, 以氷渡者, 疑爲此水. 按老稼齋燕行記, 以爲: '古薊州, 卽今北京. 滹沱河, 在北京之南, 不在其北. 世以今之薊州, 認爲古薊州, 而遂以此水誤爲光武所渡也. 滹沱河, 在保定府東麗縣南三十里, 其源出山西繁峙縣秦戲山, 歷靈壽等縣, 至直沽入海, 距北京三百八十里. 三河縣,

---

485 滹沱河記: 金景善, 『燕轅直指』 권2, 「出疆錄」, 1832년 12월 18일, 〈滹沱河記〉. "滹沱河, 或稱錯河橋, 水深岸高, 以『一統志』考之, 此乃臨泃縣, 以臨此水故名云, 則此河是泃河, 而非滹沱. 滹沱之稱, 不知誤自何時也. 滹沱河, 在保定府東鹿縣南三十里, 其源出山西繁峙縣秦戲山, 歷靈壽等縣, 至直沽入海, 距北京三百八十里. 按『史記』, 光武北至薊州, 州反應王郎, 光武南走至滹沱河, 以氷渡云. 薊州, 卽今北京也. 以此見之, 滹沱河, 在北京之南, 而不在其北也. 世以今之薊州, 認爲古之薊州, 而遂以此水, 爲光武所渡處, 非也."

乃沟河縣, 以臨此水名. 滹沱之名, 不知誤自何時.'486〔記
說止此.〕三河縣, 唐析路縣地所置, 地近七渡·鮑邱·臨沟三
水故名. 今之所渡, 必是臨沟. 今薊州, 本秦·漢漁陽郡,
唐置薊州, 光武時當稱漁陽, 不當爲薊州. 反應王郎之薊
州, 皇京德勝門外土城關, 相傳是古薊州遺址, 必此地
也.487 此河非氷渡之滹沱河明矣. 今特詳記, 以正世人之
謬. 十二月二十三日, 午過此水, 憇于裏林庄, 宿燕郊堡.

「潞河漕船記」

潞河在通州, 爲漕運湊泊之所. 游中國者, 以潞河舟檝
之盛, 爲壯觀, 並稱於皇都之神麗, 遼野之曠濶, 則其千

---

486 古……時: 金昌業, 『燕行日記』 권3, 1712년 12월 25일. "以『一統志』考之,
此乃沟河縣, 以臨此水名. 滹沱之名, 不知誤自何時. 滹沱河, 在保定府東鹿
縣南三十里, 其源出山西繁峙縣秦戲山, 歷靈壽等縣, 至直沽入海, 距北京三
百八十里. 按『史記』, 光武北至薊州, 反應王郎, 光武南走至滹沱河, 以氷渡.
薊州, 卽今北京也. 以此見之, 滹沱河, 在北京之南, 而不在其北也. 嘗思之,
世以今之薊州, 認爲古之薊州, 而遂以此水, 爲光武所渡處也."

487 皇……也: 『入燕記』에는 '不知在於何地. 稼齋以今北京當之, 亦未知何所
据也.'를 삭제하고 수정하고 있다.

艘萬舶齊艤汀步之時，帆⁴⁸⁸檣嵬峩，樓櫓宏壯，首尾相連，
當如群龍戲海，六鶂翥天矣．今余之行，適值洋擾之後，
戚渚之船，只有六檣．揀其最可觀者登焉，謂之<u>楊州</u>運船，
而領運官所乘．運官入皇城，兩子在焉，長十八，次九歲，
皆不識字．有從者一人，導余周覽．船長十餘丈，上舖板
建層屋，雕欄畫棟，文牕綉闥，渺若仙居．屋中排列椅牀
帷帳器玩書畫，俱極華美．不料船中粧點如是工妙，問：
"他船所餙，亦皆如此乎？" 有對之者曰： "餘船皆此船所
領，而船制皆同．屋中所餙，無與此比．板底名爲艙艎，直
寫穀物於其中矣．近來漕米，多以折銀代納，故此船所領，
亦止五六艘云."

「<u>通州夜市記</u>」

<u>通州</u>，距皇城五十里，南通<u>潞河</u>，舟車之所湊集，市廛
殷盛，亞於皇城．夜必張燈爲市，五色琉璃燈，隨燈色燃
燭．紗燈之方者圓者，不一其形，畫山水樓臺人物草虫於

---

488 帆：『入燕記』에는 '飀'으로 되어 있다.

紗面, 對對成雙, 列挂廠舖, 熀朗洞澈, 如同白晝. 及英夷
之亂, 通州先被其鋒, 特無搶掠焚燒, 故市廛依舊. 逃散
之民, 近始還集, 稍稍開市, 尙多閉舖者. 晝之所見, 已是
寥闃, 乘昏出見, 夾路左右張燈者, 十之二三, 初見者尙
堪一觀.'夜市千燈照碧雲, 高樓紅袖客紛紛. 如今不似時
平日, 猶自笙歌徹曉聞.'此唐人楊州詩也.[489] 余於此, 不
能無是感, 況徹曉笙歌, 亦不可得聞乎? 潞河之舟, 通州
之燈, 今不足爲觀而猶記之者, 記繁華之有時而歇, 及余
行之, 適當是時也. 入皇城前夜宿.

「東嶽廟記」

東使將入朝陽門, 先抵東嶽廟, 改具公服, 整班乘馬以
入, 例也. 近歲則不乘馬, 只乘車, 不具公服, 只整其次而
入. 余自通州緩驅, 歷見道旁塋墳之制, 到廟稍遲. 少坐
一道院, 通官輩皆來見, 遂起向廟殿. 周覽未畢, 通官以

489 夜……也: 申欽, 『象村集』卍58, 「晴窓軟談上」. "王建過楊州市曰:'夜市千
燈照碧雲, 高樓紅袖客紛紛. 如今不似時平日, 猶自笙歌徹曉聞.'余每過關
西一路, 輒思此詩."

呈表咨漸晚促之, 卽出乘車, 入朝陽門, 到四譯會同館,
則又以日値國忌, 再明始可呈納云. 通官之藉呈表督其
行, 眞未及知値齋歟? 抑慮其汗漫遊賞, 入城漸暮而然
歟? 敗吾周覽之興則多矣, 然而所見者, 正殿及廂廡也.
其它留另日更往, 而雖不見, 亦可也. 廟祀東嶽齊天仁聖
帝,[490] 兩廡設地府七十二司. 元延祐中所建, 昭文館學士
劉元, 工於搏換法, 自帝像以至列神, 皆元手製. 元欲作
侍臣像, 久未措, 適閱秘書圖畫, 見魏徵像曰: "得之矣.
非若此, 莫稱爲相臣." 遽走廟中爲之.[491] 後燬于康熙庚
辰, 而重建之, 今之塑像, 非劉元所製. 殿邃龕深, 沉沉如
夢, 流蘇寶帳, 半遮半卷. 大帝具冕袞, 嵬臨其中, 左右侍
衛, 魁梧雄猙. 漆燈罩以鐵網, 香鑪高等人身, 排列森嚴,
有風肅然. 士女朔望瞻禮, 門無閑閾, 拜地爲燠,[492] 化楮

---

490 東……帝: 저본과 『入燕記』에는 '東嶽天齊仁聖帝'로 되어 있는데 수정하
였다.

491 元……之: 徐浩修, 『燕行紀』권4, 1790년 9월 4일. "元延祐中所建也. 相傳
神像, 卽元昭文館太學士劉元手塑. 『輟耕錄』云: 劉元, 薊之寶坻人. 初爲黃
冠, 師事靑州杞道錄, 傳其搏土範金換像法. 東嶽廟成, 元爲造仁聖帝像, 巍
巍有帝王度. 其侍臣像, 乃若憂深思遠者. 始元欲作侍臣像, 久之未措手, 適
閱祕府圖函, 見魏徵像, 瞿然曰: '得之矣. 非若此, 莫稱爲相臣.' 遽走廟中爲
之, 卽日成."

炷香, 爐火相及. 兩廡神像, 各統所司, 諸神一切, 人物死生, 善惡果報, 咸具其形. 雖非元之所製, 亦令人想見其各肖所職矣. 後殿帝妃宮及他殿宇院舘, 皆略不記. 土木之壯麗, 象設之森威, 盖沿途刱覿也.

「入朝陽門記」

十二月二十四日, 整班入朝陽門. 外周甕城, 城上有樓, 樓爲二層, 每層砲門十二. 入正門, 門上有樓, 皆覆以青琉璃瓦, 虹門深邃, 如入洞窟. 皇城九門, 此爲正東門, 九門之制, 大抵皆同云. 此門, 元爲齊化門, 皇明正統改今名. 明師入京, 大將召丁好禮, 不肯行, 舁至齊化門, 不屈而死,[493] 卽此門也. 今俗猶或稱齊化門.

---

492 燠: 저본에는 '煥'으로 되어 있는데 『入燕記』를 참고하여 수정하였다.

493 明……死: 『元史』, 「列傳」83. "丁好禮, 字敬可, 眞定蠡州人. …… 大明兵入京城, 或勉其謁大將, 好禮叱之曰: '我以小吏致位極品, 爵上公, 今老矣, 恨無以報國, 所欠惟一死耳.' 後數日, 大將召好禮, 不肯行, 舁至齊化門, 抗辭不屈而死, 年七十五."

狀奏

「諺狀」[494]

---

494 諺狀 : 『日省錄』, 1861년(철종 12) 2월 1일. "冬至兼謝恩正使申錫愚·副使
徐衡淳, 以諺狀馳啓. 狀啓以爲 : 臣等一行, 於昨年十一月二十七日, 入柵之
由, 已爲馳啓, 而十二月初一日, 自柵門移發, 通官桂貢·迎送官安邦阿, 率
甲軍護行. 初六日到瀋陽, 歲幣方物車卜, 未及來到, 故落留任譯, 待車卜齊
到, 歲幣中紅紬一百疋, 綠紬一百疋, 生木三百疋, 大好紙一百五十卷, 小好
紙一千五百十卷, 粘米三石五斗三升, 依北京禮部公文, 呈納于各庫後, 其餘
物種, 使之照數 交付於瀋陽押車張敬, 而臣等仍爲趲程, 十六日到山海關,
點檢人馬, 無弊進關. 二十四日到北京, 住接於南小館, 而因禮部知會朝鮮使
臣抵京後, 免詣行在, 卽在午門外行禮, 以示體恤, 故臣等依知會, 不爲進詣
行在, 因禮部知會. 二十六日詣禮部, 呈納表咨文, 滿侍郎 義眞, 率諸郎官祗
受. 鴻臚寺演禮, 因禮部知會, 本寺當事各官, 播赴熱河行在, 贊引官員, 實
屬乏人, 次次無用演禮, 故不爲演禮. 除夕宴卓, 因禮部知會, 本年來京各國
內賜, 無用頒給. 本年正月初一日, 因禮部知會, 元朝令節, 赴在午門前, 望
闕行禮. 卯刻, 臣等與書狀官臣趙雲周, 率正官等, 詣午門前, 就西班末, 行
三跪九叩頭禮而退. 初五日, 自軍機處頒賞, 御前蟒緞二疋, 福字方一百幅,
大小絹箋四卷, 筆四匣, 墨四匣, 硯二方, 雕漆器四件, 玻璃器四件. 臣等及
書狀官臣趙雲周, 各大緞一疋, 箋紙二卷, 筆二匣, 墨二匣, 此是賡進詩例賞
也. 又自軍機處, 賜臣蟒緞四疋, 漳絨三疋, 大卷八絲緞四疋, 小卷五絲緞四
件, 大荷包一對, 小荷包二對, 賜臣及書狀官臣趙雲周, 各錦二疋, 漳絨二疋,

臣等一行, 於昨年十一月二十七日, 入柵之由, 已爲馳
啓爲白是在果. 十二月初一日, 自柵門離發, 通官桂芬·[495]
迎送官安邦阿, 率甲軍護行是白乎旀. 初六日到瀋陽, 歲
幣方物車卜, 未及來到, 故落留任譯, 待車卜齊到, 歲幣
中紅紬一百疋, 綠紬一百疋, 生木三百疋, 大好紙一百五
十卷, 小好紙二千二百十卷, 粘米三石五斗四[496]升, 依北
京禮部公文, 呈納于各庫後, 其餘物種段, 使之照數交付
於瀋陽押車章京是白遣. 臣等仍爲趲程, 十六日到山海
關, 點檢人馬, 無弊進關是白乎旀. 二十四日到北京, 住
接於南小館, 而因禮部知會朝鮮使臣抵京後, 免詣行在,
卽在午門外行禮, 以示體卹是如是白只, 臣等依知會, 不
爲進詣行在是白遣. 因禮部知會, 二十六日詣禮部, 呈納
表啓文是白乎, 則滿侍郞宜振,[497] 率諸郞官祗受是白乎

大卷八絲緞三疋, 小卷五絲緞三件, 大荷包一對, 小荷包二對. 卽伏見京報,
則皇上將於二月十三日, 自熱河回鑾京城, 而二十五日臨御慶宴. 三月初二
日, 自京城啓鑾展謁薊州東陵, 禮成後, 還爲駐蹕于避暑山庄. 北京事情, 人
民還集, 閭巷市廛, 依舊安頓. 臣等待呈納方物, 受回咨文後, 復路計料."

495 桂芬: 『日省錄』에는 '桂賁'으로 되어 있다.

496 四: 『日省錄』에는 '三'으로 되어 있다.

497 宜振: ?~1881. 자는 春宇, 호는 詵伯, 楊佳氏, 內務府漢軍鑲黃旗人. 『日省
錄』에는 '義眞'으로 되어 있다.

旀, 鴻臚寺演禮段, 因禮部知會, 本寺當事[498]各官, 派赴熱河行在, 贊引官員, 實屬乏人, 此次毋庸演禮是白乎只, 不爲演禮是白遣. 除夕筵卓段, 因禮部知會, 本年來京各國內賜,[499] 毋庸[500]頒給是如是白乎旀. 本年正月初一日, 因禮部知會, 元朝令節, 赴在午門前, 望闕行禮是如. 卯刻, 臣等與書狀官臣趙雲周, 率正官等詣午門前, 就西班末, 行三跪九叩頭禮而退是白遣. 初五日, 自軍機處頒賞, 御前蟒緞二疋, 福字[501]方一百幅, 大小絹箋四卷, 筆四匣, 墨四匣, 硯二方, 雕漆器四件, 玻璃器四件. 臣等及書狀官臣趙雲周, 各大緞一疋, 箋紙二卷, 筆二匣, 墨二匣, 此是賣進詩例賞是如是白乎旀. 又自軍機處, 賜臣蟒緞三疋, 漳絨三疋, 大卷八絲緞四疋, 小卷五絲緞四件, 大荷包一對, 小荷包二對, 賜臣及書狀官臣趙雲周, 各錦二疋, 漳絨二疋, 大卷八絲緞三疋, 小卷五絲緞三件, 大荷包一對, 小荷包二對是白遣. 卽伏見京報, 則皇上將於二月十三日, 自熱河回鑾京城, 而二十五日臨御經筵是白遣, 三

---

498 當事: 저본에는 '堂司'로 되어 있는데 『日省錄』을 참고하여 수정하였다.

499 內賜: 저본에는 '來使'로 되어 있는데 『日省錄』을 참고하여 수정하였다.

500 毋庸: 『日省錄』에는 '無用'으로 되어 있다.

501 字: 저본에는 '子'로 되어 있는데 『日省錄』을 참고하여 수정하였다.

月初一⁵⁰²日, 自京城啓鑾展謁于薊州東陵,⁵⁰³ 禮成後還爲
駐蹕于避暑山莊是如是白遣. 北京事情段, 人民還集, 閭
巷市廛, 依舊安堵是白乎旀. 臣等待呈納方物, 受回咨文
後復路計料緣由, 並以馳啓爲白臥乎事是良爾, 詮次善啓
向敎是事.

「復路狀〔逸〕」⁵⁰⁴

臣等一行, 到北京之由, 已爲馳啓, 而歲幣方物, 正月
初八日來到, 二十五日無弊呈納于各該庫, 而補物依例分
給於各該庫郎吏及通官大使等處, 封裹紙索, 遠程弊破,
竝與補物蕩減之意, 移文該曹, 而二月初三日, 因禮部知
會, 當日午刻, 臣等與書狀官臣趙雲周, 率正官等, 詣午
門前, 領賞仍爲告辭, 則禮部尙書伊精阿傳語以歸告國王
平安, 臣等叩頭而退. 御前回送禮單, 出付任譯, 呈納於

502 一:『日省錄』에는 '二'로 되어 있다.

503 薊州東陵 : 薊州와 遵化州 등지에 있는 康熙帝와 乾隆帝의 능을 말한다.

504 復路狀 : 先來狀啓를 말한다. 저본에는 일실되어 있는데『日省錄』(1861년
     2월 24일)을 참고하여 보충하였다.

復命日計料. 初四日, 因禮部知會, 臣等與書狀官臣趙雲周, 率正官等, 詣禮部, 領下馬宴. 申刻, 自精饌司, 輸送上馬宴卓於館所, 而昨年十二月初一日離柵時, 譯官李一淵等四人, 因病落後. 初五日, 受回咨文九度. 初六日, 臣等一行, 自北京還發, 臣錫愚軍官吳興祥·臣衡淳軍官邊應翼·譯官安東晙, 授狀啓一度, 先爲出送緣由, 並以馳啓.

「復命筵奏」[505]

505 復命筵奏:『日省錄』, 1861년(철종 12) 3월 27일. "召見回還三使臣于興政堂, 正使申錫愚·副使徐衡淳·書狀官趙雲周復命也. ○予曰: '遠路無事往還乎?' 錫愚曰: '王靈攸曁, 無事往還矣.' 予曰: '中原賊匪之何如? 人心之何如? 隨聞見詳陳, 可也.' 錫愚曰: '彼中事情, 已悉諺啓. 今又有書狀別單, 無容更陳. 第以覩聞所及曠度于心, 則不無一二. 愚見洋夷勒和, 外寇滋熾, 皇駕至於北狩, 則天下不可謂不亂矣. 城闕宮府, 市廛閭里, 安堵如故, 將屯郊壘, 氣色整暇, 賊竄近省, 控禦綽裕, 此民心不先事而騷繹, 廟略不致期而窘跲也.' 予曰: '中國之與洋夷和親, 必是洋夷之以兵力勒和也. 此出於宣布邪敎, 和賣鴉片之計也. 鴉片, 渠國之人不服, 使中國人服之, 未知何意也.' 錫愚曰: '中國之聽和約, 出於勢不得已, 觀於英·法和約書中, 可以推知. 邪敎, 中國之所斥, 而許其傳習, 洋藥, 中國之所禁, 而許其交易, 其他所約條款, 皆取洋夷所便, 其力屈强和, 可知也.' 予曰: '其書, 予亦見之, 洋夷之處皇城者, 爲幾人耶?' 錫愚曰: '書狀別單, 有所仰奏, 而或曰二百人, 或曰一百人, 未能詳知其數矣.' 予曰: '皇上尙今在熱河耶? 移蹕於熱河, 何意耶?' 錫愚曰: '正

今三月二十七日申時, 上御興政堂, 回還三使臣入侍. 時, 上曰: "中原賊匪之何如? 人心之何如? 隨聞見詳陳, 可也." 錫愚曰: "彼中事情, 已悉諺啓.[506] 今又有書狀別單, 無容更陳. 第以覯聞所及臆度于心, 則不無一二. 愚見洋夷勒和, 外寇滋熾, 皇駕至於北狩,[507] 則天下不可謂

初皇旨, 以二月十三日回鑾, 二十五日御慶宴, 三月初二日展謁東陵, 仍爲駐蹕避暑山莊爲辭, 而臣等以二月初六日離京, 故未及見回鑾, 心甚紆菀, 到鳳凰城, 取見城守尉處所來京報, 則二月初七八日所出皇旨, 有今次回鑾時王公大臣祗迎南石槽傍等語, 則趁期回鑾, 的實無疑. 今則想已展陵而還御熱河矣. 熱河, 卽皇帝時行蒐獮之所, 皇駕時巡, 未足爲訝. 東人之以其往來爲之憂喜, 未能深知舊例而然也. 大抵中國方在憂虞之際, 整暇猶尙如此, 我邦, 卽一隅清平之域, 何爲而纔聞風聲便相煽動也? 今之憂者, 其說有二. 洋夷旣滿皇城, 則或恐因勢東犯, 臣則以謂未必然. 彼以交易爲務, 我國無可易之財寶, 何故輕入人國? 第有習邪教服洋藥之類, 潛相倀導, 則亦難保其不來. 曰南匪滋及近省, 則或恐槍我西鄙, 臣則以謂未必然. 皇城根本之固, 遼‧瀋控衛之壯, 何可輕破而越來? 第有邊卞內外往來嘯應之徒, 則亦難保其無事. 然則所可憂者, 在於方內, 而不在外寇也. 爲今之計, 不可先事騷擾, 亦不可全無變動. 惟當勿亟勿徐, 嚴邊防繕武備, 要使吾民, 有恃無恐, 則天下雖亂, 國內自安矣.' 予曰: '方伯守令之擇人, 卽所以禦外侮之策, 而何時不然? 今時則尤爲急務, 習操聚點等節, 卽所以繕武備, 而便成文具, 甚可悶然.' 仍教曰: '中國年形何如?' 錫愚曰: 賚咨官手本, 以爲七八成, 而以臣所見, 似不至甚歉矣.' 予曰: '國內前秋年形, 今年春耕, 沿路人心何如?' 錫愚曰: '前年關西爲上, 海西次之, 畿甸爲末. 今春頗旱, 關西則多旱田而少水田, 故不甚爲病. 但人心騷動, 遷徙紛紜, 是爲可悶矣.'"

506 諺啓: 諺狀으로, 先來狀啓를 말한다.

不亂矣. 城闕官府, 市廛閭里, 安堵如故, 將屯郊壘, 氣色
整暇, 賊竄近省, 控禦綽裕, 此民心不先事而騷繹, 廟略
不致期而窘踸也."508 上曰: "中國之與洋夷和親, 必是洋
夷之以兵力勒和也. 此出於宣佈509邪教,510 和賣鴉片之計
也. 鴉片, 渠國之人不服, 使中國人服之, 未知何意也."
錫愚曰: "中國之聽和約, 出於勢不得已, 觀於英·法和約
書中, 可以推知. 邪教, 中國之所斥, 而許其傳習, 洋藥,
中國之所禁, 而許其交易, 其他所約條款, 皆取洋夷所便,
其力屈强和, 可知也." 上曰: "其書, 予亦見之, 洋夷之處
皇城者, 爲幾人云耶?" 錫愚曰: "書狀別單, 有所仰奏, 而
或曰二百人, 或曰一百人, 未能詳知其數矣." 上曰: "皇上
尙今在熱河耶? 移蹕於熱河, 何意耶?" 錫愚曰: "正初皇
旨, 以二月十三日回鑾, 二十五日御經筵, 三月初二日展

---

507 北狩: 황제가 熱河의 避暑山莊을 蒙塵한 것을 말한다.
508 上……也: 『哲宗實錄』 권13, 1861년 3월 27일. "上曰: '中原賊匪之何如?
人心之何如? 隨聞見詳陳, 可也.' 申錫愚曰: '洋夷勒和, 外寇滋熾, 皇駕至於
北狩, 天下不可謂不亂矣. 城闕宮府, 市廛閭里, 安堵如故, 將屯郊壘, 氣色
整暇, 賊竄近省, 控禦綽裕, 此民心不先事而騷繹, 廟略不致期而窘踸也.'"
참조.
509 佈: 『日省錄』에는 '布'로 되어 있다.
510 邪教: 天主教를 말한다.

謁東陵, 仍爲駐蹕避暑山莊爲辭, 而臣等以二月初六日離京, 故未及見回鑾, 心甚紆菀. 到鳳凰城, 取見城守尉處所來京報, 則二月初七八日所出皇旨, 有今次回鑾時王公大臣祗迎南石槽旁等語, 則趁期回鑾, 的實無疑. 今則想已展陵而還御熱河矣. 熱河, 卽皇帝時行蒐獮之所, 皇駕時巡, 未足爲訝. 東人之以其往來爲之憂喜, 未能深知舊例而然也. 大抵中國方在憂虞之際, 整暇猶尙如此, 我邦, 卽一隅淸平之域, 何爲而纔聞風聲, 便相煽動也? 今之憂者, 其說有二. 洋夷旣滿皇城, 則或恐因勢東犯, 臣則以謂未必然. 彼以交易爲務, 我國無可易之財寶, 何故輕入人國? 第有習邪敎服洋藥之類, 潛相倀導, 則亦難保其不來. 曰南匪滋及近省, 則或恐搶我西鄙, 臣則以謂未必然. 皇城根本之固, 遼·瀋控衛之壯, 何可輕破而越來? 第有邊卡內外往來嘯應之徒, 則亦難保其無事. 然則所可憂者, 在於方內, 而不在外寇也. 爲今之計, 不可先事騷擾, 亦不可全無變動. 惟當勿亟勿徐, 嚴邊防繕武備, 要使吾民, 有恃無恐, 則天下雖亂, 國內自安矣." 上曰: "方伯·守令之擇人, 卽所以禦外侮之策, 而何時不然? 今時則尤爲急務, 習操取點等節, 卽所以繕武備, 而便成文具, 甚可悶然." 仍敎曰: "中國年形何如?" 錫愚曰: "賫咨官出來時所報手本, 以爲七八成, 而以臣所見, 似不至甚歉矣."

上曰: "國內前秋年形, 今年春畊, 沿路人心何如?" 錫愚
曰: "前年, 關西爲上, 海西次之, 畿甸爲末. 今春頗旱,
關西則多旱田而少水田, 故不甚爲病. 但人心騷動, 遷徙
紛紜, 是爲可悶矣."

祭文

「祭李雨邨〔伯衡〕文」[511]

錫愚, 卽翠微先生從父兄弟之子, 早服習於先生, 稔聞
中州李雨邨公, 文采儒雅, 爲近世名士. 先生輯公筆札爲
淸心帖, 居常披翫不已. 每憑襆寄函, 覆書之來, 不勝傾
喜, 粧付其帖下, 積有年禩. 竊聞公亦收藏[512]翠微先生筆
札爲帖, 冠之東國人士文墨之首, 以志結織東士, 自先生
始, 於此可見公與先生交道, 由於友朋至性, 不待以疎遠
之域, 朝莫之市. 先生之初訂交, 洪三斯良厚·李汾西鳳
寧, 寔左右之, 陪隨步趾, 金邵亭永爵, 因三斯致書及詩,
荷識貨之獎, 而欣托知己. 嗚呼, 先生捐館, 音聞莫續, 渺
隔鴻鯉. 錫愚心竊恨之, 兩修書儀, 付達年貢之使, 一承
答音, 而感傷眷撫, 辭溢于紙. 一未拜復, 只奉兩對柱帖,

---

511 祭……文: 『入燕記』에는 '書牘'의 첫 편으로 수록하고 있다.
512 藏: 『入燕記』에는 '粧'으로 되어 있다.

摹臨鍾鼎文字, 下方所鈐印, 卽公賢仲氏. 書械中滯, 桂帖獨至, 或是傳書者, 妄自開披, 不謹收弆, 以致於此. 自是嗣音修好亦阻. 又聞公總督河道, 出自大理, 余懷悵惘, 靡知攸底. 大昨之歲, 卲亭銜命入都, 意謂與公相見, 先知心後知面, 如古人命駕千里. 歸傳公尙滯官次, 未克握叙, 殆詩人所謂人遠室邇.[513] 錫愚之來亦晩, 雖未獲覩淸範雅度, 猶及於未徹下室之筵几, 謹具菲奠, 歷控衷情, 拜尊靈座之前, 感念兩家故事. 大雅風流, 今焉已矣. 嗚呼悲夫, 尙享.

---

513 人遠室邇: 『詩經』, 「鄭風」, 〈東門之墠〉. "東門之墠, 茹藘在阪. 其室則邇, 其人甚遠."

譚草

「李郎中心傳⁵¹⁴家弔慰」

　　庚申除日, 唁李雨颿子心傳, 雨颿年前歸道山, 心傳未闋制. 出揭其先人像于中堂, 一小本而少時所摹, 一大本而老後勅賜者也. 哭拜弔慰, 一用東人禮. 遂還奉影幀于內, 遂就椅筆談, 心傳立而不坐, 使一人對椅, 從者曰雨颿公之弟. 余嘗認雨颿有弟, 故信之不疑. 先書曰: "錫愚從叔父翠微先生, 與尊伯氏丈證交, 爲世講之誼, 兩家之所稔知. 從叔捐世後, 錫愚繼裁候書, 再度付呈,⁵¹⁵ 一承下覆. 其翌年則答書不來, 只有一對柱帖臨摹鍾鼎文而款識, 聞知爲雨颿公令季氏之筆云. 故尙今莊弄珍玩. 邵亭入都而還, 未能拜候於尊伯氏丈, 爲悵望矣. 後聞雨颿公

514　李……傳: 李文源, 자는 심전, 호는 松舟. 李伯衡의 큰 아들로 당시 부친 상중이었다.

515　再度付呈: 申錫愚, 『海藏集』 권9, 「與李雨帆伯衡書〔辛亥〕」·〔與李雨帆伯衡書〕를 말한다.

捐館之報, 心甚愴慟. 今入中國, 卽欲趨哭, 使事爲亟, 今始進唁, 俯仰愴感, 何以盡達?""久欽山斗, 並獲晤談, 荷蒙吊慰諄諄, 歿存均感, 李文源百叩. 仲弟文濤, 季弟文溥, 季父, 名鈺, 號相圃, 素摹鍾鼎, 兼寫八分.""尊位於雨颿公, 屬何親眷? 高名盛筭, 亦願俯示.""李銳, 係雨颿公堂弟.""相圃丈可得奉候否?""現在四川, 以知府用候補.""方住四川, 而不在京中否?""不在都中, 已於去歲到川省.""甚悵.""竊儗操文進哭於靈席前, 文已就矣.[516] 但不嫺中國之禮, 先爲來唁, 欲於來正, 另揀吉日, 謹具菲奠, 以文告之爲計, 而今日之必爲來唁, 欲於此歲前一哭故也. 第念今當除夕, 必多酬接, 吊儀已畢, 敢請退.""先嚴已於去歲, 回里安葬, 蒙賜誄文, 俟擇吉候, 先爲俯示, 以便恭候. 敝俗禮節, 一跪三叩而已. 彼時敬謹, 懸像設位, 貴邦係何禮節, 卽請俯示, 卽遵敎伺候.""來正當擇日仰報. 饋奠之禮, 當用東人禮, 幸勿見訝, 俯諒微誠. 敝邦專用朱文公『家禮』, 喪禮吊奠, 皆家禮儀節.""竊聞雨颿公, 袞輯東士筆札, 而以先從, 父書, 冠之帖首, 願一奉覽.""令先叔墨翰, 業已裝成冊頁.[517]"似以餠餌相對, 尤

---

516 竊……矣: 申錫愚, 『海藏集』 권16, 「祭李雨颿〔伯衡〕文」을 말한다.

所不安. 此時非汗漫待客之時, 請勿爲念." "此不過聊伸敬
意." "除夕故也." "相圃公亦時常有信來, 實深惦念. 但處
時事, 亦無可如何. 四川距京四千餘里." "洋擾則似姑寢
息, 未知南方諸匪, 亦次第就勦否?" "洋匪現在和妥, 南匪
尙未勦滅." "諸匪之中, 爲渠帥者, 姓名爲何?" "南匪首名
張樂行." "竊據金陵者, 卽張樂行耶? 抑他匪耶?" "據金陵
者, 現不知姓名. 係長髮匪張樂行, 係捻匪現在河南, 地
面滋擾." "聞雨颿公淸貧矣, 近或家計稍優否?" "近來尙可
支持." "甚幸." "郎中以蔭補耶?" "源係援例. 仲弟濤係恩
蔭." "語次失矣. 萱闈奉歡否?" "尙得定省." "年壽想已卲
矣." "現年五十八歲." "俯聆翠微先生之從姪, 來哭靈筵,
伏想悲愴矣." "不勝感激." "新正何日, 當爲靜暇?" "明正
過初五後得暇, 當卽奉聞." "謹當待俯示, 具奠操文而來
矣." "恭候." "令先叔墨翰, 現藏書笥中, 已覓數處未得,
容俟明正, 卽當奉上." "鄙生入都, 欲覽此帖, 情理之不容
已, 幸從容檢出, 待日間專伻付送, 謹當盥手敬閱而還璧
矣, 萬勿以搜出之勞爲辭." "遵敎." "此時久坐, 爲汗漫酬
酢, 極涉未安, 敢退." "俟明正, 再當恭候駕臨." "此紙欲

517　頁：저본에는 '貢'으로 되어 있는데 문맥을 살펴 수정하였다.

携去, 以爲講好於他日之計, 未知盛意如何."“字文鄙俚,
未免貽笑方家, 講隨意."“筆妙辭簡, 尤欲携去, 何爲過
謙?"“荷蒙奬諭, 實覺汗顔, 遵命."“諸位保重, 請卜來正,
更候."“大筆請留敝處, 以便敬摹, 如此則談草不續歸, 而
謄留一本, 原草還呈矣."

「沈·謝證交」

是日歸路, 歷憇文華堂書肆, 有二人入來, 求買書種.
余起揖一人, 卽沈秉成翰林編修, 次揖一人, 卽謝增河南
道御史. 又一藐少年入來, 問之, 爲謝之子也. 先書示曰:
"鄙人卽朝鮮正使申錫愚, 敢問尊姓大名."“沈秉成."“官銜
年紀字號?"“翰林院編修, 字仲復, 年三十九歲."“幸獲邂
逅, 分緣不淺, 何以則可獲從容陪話否?"“初三日造訪."
"會同館, 例爲禁呵人出入, 若蒙肯訪之牢約, 當借關外中
和局, 以竚跫音. 倘不使作城南望盧之人耶."“如約走詣中
和舘."“中和局, 卽會同館外近舖. 初三日, 臨于該局, 通
于舘中, 當出詣矣, 幸勿泛聽. 敢問貴庄住於何衕."“敝廬
在宣武城南, 俗名南橫街, 南堂子胡同."“係何地人氏, 何
年出身乎?"“籍隷淛江湖州府歸安縣, 丙辰年通籍."“盛嘯

敬覽, 敢問原鄕及字號年紀見職." "謝增, 字夢漁, 陽州人, 年五十歲, 庚戌探花翰林, 現掌河南道御史." "今幸好風吹, 獲遇兩位. 沈公旣許初三日委訪中和局, 公亦或同臨否?" "偕往奉訪." "敢問何年通籍, 現年幾何." "賤齒五十六, 甲午文科, 歷翰林. 今以判中樞府事, 充上使來. 判中樞府事, 如宋之樞密使, 賤品承乏, 慚悚慚悚, 事不偶然. 今日相遇, 若有神助, 令郞秀朗, 可賀可賀. 未知今者枉臨此中, 緣何事耶. 若求書種, 書目可得聞乎?" "今日買張古漁先生『通鑑筆記』一套, 又取去初印殿板『前漢書』二套, 『晉書』二套, 『金史』一套, 均非全書也." 〔沈〕能作擘窠大字, 欲求書楹帖, 可否?" "素拙觚墨之工, 卽於談草, 亦可垂諒矣." "當携繭紙, 藉以助談何如?" "不計工拙, 只爲遠人之筆, 而欲爲收納, 何敢固辭? 第淹留當爲多日, 更作商量未晩矣, 愚亦欲奉請試腕矣." "鄙生素與李雨驪, 有世講之好, 今入中國,[518] 雨驪已捐世矣. 今方往吊而還, 欲啜熱茶, 偶然入此, 得遇兩位, 是天幸也. 初三日聯枉之約, 必勿棄之泥塗, 使外國陌生, 陪奉一日, 清誨切企."

---

518 中國 : 저본에는 '中中'으로 되어 있는데 문맥을 살펴 수정하였다.

「程少卿委訪」

庚申除日, 余訪程少卿不遇, 與其子筆談, 以不敢坐屈之故, 來訪而不遇爲辭矣. 辛酉正月初四日, 少卿來訪於中和局, 余與副·三行人, 同爲出見. 余先書曰: "東國人士, 得公片字隻言, 不啻若拱璧, 錫愚欽仰久矣. 今入中國, 以金邵亭爲蟠容而進, 其時適値除日, 已料高駕之易致出門. 然不可坐屈, 故必爲往造, 新正儓揀一日更候矣, 獲蒙枉臨, 感賀良深. 申錫愚, 字成睿, 以進士出身, 歷官至一品. 方儓退休, 卜居於琴泉, 自號琴泉退士, 今年爲五十七." "歲除失於倒屣, 悚惶之至. 因屆改歲, 未遑布上謝啓. 豚兒乃沒字碑, 初見大賓, 幾無所措手足. 敝廬僻陋, 杯茗之敬亦未備, 諸多歉赧. 讀手畢, 尺幅中, 情文斐亹, 仰見高誼, 上薄雲天. 今日甫得奉謁, 遲延爲罪. 晤顔求教, 深可欣幸. 恭壽, 字容伯, 浙江錢唐人. 京師, 饋歲賀歲, 繁文末節, 過於他省. 是以前三日, 亦不能進城奉訪. 昨讀手示, 知副使暨書狀行人, 亦許不才得見顔色, 今日可能到此否. 先生自貴國何日起程? 去秋貴國收獲, 想必豐稔, 冬雪已見過否? 沿途入關, 無戒心否? 內地頗不安靖, 上賓過境, 郡縣尙能護逶無虞耶?" "東國之士, 願游上都, 非專爲遊覽, 山川之雄深, 京闕之神麗, 以一見

賞於大方君子爲喜. 今幸得奉淸誨, 可謂志願滿足. 第所
以足償志願者, 以奉聆誨諭, 廣其心志也. 未審下執事何
以敎之. 副·三行人, 今方出來, 而鄙等去年十月起程, 十
一月入中國界, 本邦風雪, 全然不知. 沿途所經, 多有戒
心事, 特無所經之危. 第伏聞聖駕北狩, 還都尙遠, 恐終
無以面聖而歸. 賤踪不勝缺然, 未知聖駕何時還都乎. 鄙
邦無異內服, 誠心服事, 中國有此大事, 豈容外面忌諱,
使遠人抱鬱耶? 伏想大君子恢度坦量, 不爲相外矣.""聖
駕還都, 近日頗有消息, 有云二十九日啓鑾者, 到京後擬
住數月, 再行巡幸木蘭,〔卽熱河也.〕以便行宮, 得以乘暇修
理也. 不才之在中土, 滄海一粟耳, 何足與諸名家比? 中
國著作之才, 今尙有人, 惟在朝者少, 大率隱居不仕, 或
解組還山耳.""鄙居琴泉, 王城之東郊, 頗具林泉之勝, 與
邵亭湖山之居亦不遠, 暇日朅徠. 鄙生修禊中人, 咸不樂
榮進, 只以書史文墨自娛. 故獲聞中州有下執事, 爭欲一
交. 未能入中國者, 願得公隻字, 皆出於傾慕之至. 未審
竝世文章大家, 如執事爲幾公耶. 公居天下勝地, 名流今
古輩出, 以俺所聞, 張水屋道渥·[519]嚴鐵橋誠·[520]潘香祖庭

---

519 張……渥: 張道渥(1757~1829). 자는 水屋·封紫, 호는 竹畦·張張風子·騎

筠,⁵²¹ 皆江淛先賢, 倘知此諸公否?"潘公之女,⁵²² 字虛
白老人, 亦有詩集.〔名『不櫛吟』, 坊間無此本.〕潘公後尙有曾
孫, 皆英俊出群, 今杭州失陷之後, 不知流落何所. 嚴公
之後式微, 張公不知其詳.""二大人尊字爵秩祈示. 知京師
新年有拜賀俗禮, 疲於奔命, 過七八日, 卽淸閒矣. 儗於
初十前後, 奉約三賢出城, 至敝所少坐, 可作竟日淸談也."
"仙庄俯速, 敢不惟命? 俄者所敎中皇駕再幸木蘭, 係何地
方乎? 潘公令愛所著詩集, 坊間亦有印本耶? 若無所賣,
可得一本讀之乎?""試覓之, 有無不可必. 虛白老人詩, 晚
年更沉痛, 以曾見庚子辛丑壬寅癸卯間時事也. 然『不櫛
吟』中, 皆和平中正之音, 傷時之作, 槪不錄入.""嚴鐵橋

驪公子. 山西平陽府浮山縣人. 張體中의 아들로 저서로 『水屋剩稿』가 있
다. 金正中, 『奇遊錄』. "張道渥, 字水屋, 號夢覺, 太原人. 善詩畫, 尤工指
隷. 官至揚州刺史, 今爲落職在家."

520 嚴鐵橋誠: 嚴誠(1732~1767). 자는 力闇, 호는 鐵橋, 浙江省杭州錢塘人.
저서로 『小淸涼室遺稿』가 있다.

521 潘……筠: 潘庭筠(1719~?). 자는 蘭公字, 호는 德園·香祖·秋庫, 浙江省
杭州錢塘人. 저서로 『稼書堂集』이 있다. 金正中, 『奇遊錄』. "潘庭筠, 錢塘
人. 善讀文, 喜歌詩. 官翰林學士, 今祝髮逃禪, 講法於道林寺云."

522 潘公之女: 潘素心. 자는 虛白, 浙江山陰人. 乾嘉시대의 여류시인으로 袁
枚(1716~1798)의 여제자이다. 저서로 『不櫛吟』이 있다.

後孫名爲誰? 張水屋, 名道渥, 書畫雙絶, 性倜儻, 故號
爲風子, 亦江湖先輩文丈, 若未及記認, 試爲鄙生, 博詢
於江湖從宦君子而示之也. 鄙生與張公家有先誼, 必欲訪
問而歸耳." "嚴公之後, 不聞於時. 嚴·張二先生家世, 容
向浙水同鄉中遍詢之, 再行奉聞. 前年邵亭公, 亦借尙書
銜入都, 邵亭今年六十, 未知何月何日生辰, 三大賢有知
者否?" "似是二月初四日而未詳." "俗傳文昌二月初三日
生, 邵亭後一日. 邵亭刻印章曰, 降以東坡游赤壁之歲,
故知其爲六十也." "杭州失陷之報, 曾所聞知, 而現據金陵
之賊匪, 姓名謂何? 聞至於設科取士云, 果然否?" "金陵
首惡, 仍是洪秀全[523]耳. 設科之說, 亦傳聞有之. 然前見
賊中筆墨, 殊無文理. 至各處分竄之賊所貼僞告示, 間有
一二處通順者." "現據南方而作擾者爲幾顆, 而聞僧王[524]
往山東, 勝公駐城外, 何人禦南方諸匪耶? 各處賊匪, 亦
非一人可禦, 誰某分禦耶?" "各路將帥, 以兩江總督曾滌

---

523 洪秀全 : 1814~1864. 본명은 洪仁坤. 1850년 남경을 중심으로 반란을 일
　　으켜 국호를 太平天國이라 일컫고, 양자강 이남 지역을 거의 차지하여 세
　　력을 떨쳤으나 영국의 후원을 받은 청나라 정부군에 의해 15년 만에 평정
　　되었다.

524 僧王 : 科爾沁親王 僧格林沁을 말한다.

生[525]先生·湖北巡撫胡潤芝[526]先生二公爲最正, 文臣而夙
裕將略. 所用多將才, 所苦賊衆兵單, 七八年來, 將才殉
難者殆盡, 物力已竭. 是以至今難於爲功, 僧王乃鹵莽一
流, 並無韜略, 勝帥血氣之勇, 少年而恃才傲物, 非大將
也. 庚子辛丑間, 夷匪肆擾於粤東, 延及江浙·福建, 數年
後議和罷兵, 泄泄沓沓者數年, 而粤西之匪起矣. 己酉四
月始萌芽, 庚戌始盛, 歷次統兵將帥皆非才, 以至延及兩
楚之間, 直破金陵. 然江以南仍晏然, 近年捻匪四出, 皆
潁毫淮西一帶土人, 毘連江蘇·安徽·山東·河南四省, 捻匪
與粤匪, 勾結爲患. 江北江南, 蹂躪幾遍. 此三年中, 夷匪
又擾沿海各省, 去秋震驚京師, 而禍乃火烈矣. 聖駕北狩,
事出倉猝, 中朝達官, 不能扣馬而諫, 以致國庭被焚, 實
堪髮指. 向來上元, 在正大光明殿筵宴, 如貴國使者, 照
例入宴, 並有賞賜, 遠溯先朝, 尚許遠臣和詩, 有和詩加

---

525 曾滌生: 曾國藩(1811~1872). 본명은 子城, 자는 伯涵, 호는 척생, 시호는
    文正. 1838년 진사에 급제하여, 벼슬은 이부시랑·양강총독 등을 역임햇
    다. 태평천국의 난을 진압하고 洋務運動을 추진하였다. 저서로『曾文正公
    全集』이 있다.
526 胡詠芝: 저본에는 '胡詠芝'로 되어 있는데 수정하였다. 胡林翼(1812~1861).
    자는 貺生, 호는 潤芝, 시호는 文忠. 증국번·이홍장·좌종당과 함께 청나라
    '중흥의 명신'으로 불린다. 저서로『讀史兵略』이 있다.

賞．今上以來，未見和詩者，亦緣奉旨不必和詩，仍行加賞．此不才在內廷，多年所記憶者，今成往事矣．""自有匪擾洋驚以來，必有紀實文字，或爲俯示否？所謂『粵匪紀略』[527]者，年前自坊流播，而不知何人所著．近年亦有似此文字否？『海國圖志』，[528] 魏源[529]所著，魏公現住何所？『圖志』亦有續本云，果然否？魏公可得拜晤托交否？""『海國圖志』，係林文忠公[530]〔諱則徐，號少穆，吾師也．〕原本．魏

---

527 粵匪紀略：杜文瀾(1815~1881)이 저술한『平定粵匪紀略』을 말하는데,『平定粵寇紀略』또는『蕩平發逆圖說』이라 불린다.

528 海國圖志：魏源이 저술한 세계지리서로 1847년 江蘇省 楊州에서 60권으로 간행되었으나, 그 후 보정을 가하여 1852년에 100권으로 간행하였다. 내용은 세계 각국의 지세·산업·인구·정치·종교 등 다방면에 걸쳐 서술한 것이다. 1850년 진하겸사은세폐사행을 통해 조선에 유입되어 당대 지식인들의 대외 인식에 많은 영향을 끼쳤다.

529 魏源：1784~1857. 자는 默深·墨生·漢士, 호는 良圖, 초명은 遠達. 청나라 말기의 사상가로 今文學派의 대표자이다. 아편전쟁과 태평천국의 난이 태동되는 긴박한 사회정세에서도 의욕적인 정치적인 이론을 제창하였으며, 서구열강의 압력에 대처하는 방안을 연구하였다. 저서로『聖武記』·『해국도지』·『詩古微』·『元史新編』·『古微堂內外集』·『書古微』등이 있고,『皇朝經世文編』20권을 편집하였다.

530 林文忠公：林則徐(1785~1850). 자는 元撫·少穆·石麟, 호는 竢村老人·竢村退叟·七十二峰退叟·瓶泉居士·櫟社散人 등, 시호는 文忠. 영국에 의한 아편 밀수를 강경하게 단속하여 영국과의 아편 전쟁이 일어난 계기를 만들었다.

源, 字默深, 爲文忠所賞識, 卽令編輯成書. 文忠而在, 今日粤匪, 亦不能出廣西境, 早就掃除矣. 默深以州牧終, 其晚境甚苦, 卒杭州僧舍, 無以爲殮, 有文人學士爲謀後事焉. 事約在咸豊七年." "魏公已矣, 幸拜長者, 得聞林公事甚幸. 林公行狀及魏公他文字, 可得一讀否?" "林公行狀, 京中未見, 以其子鏡楓[531]翰林, 套情從軍, 未得入京也. 今鏡楓亦作古人矣. 魏默深尙有『聖武記』一書, 專紀本朝武功, 亦原本於文忠者, 今書肆中不輕見此書, 有亦價昂甚, 以並無續印出故也. 『粤匪紀略』等作, 前數年各處傳布不同, 以時多忌諱. 近人卽有著作, 皆匿不付梓." "敝邦自古服事中國, 有同內服. 凡中國有事, 敝邦莫不興受其利害. 今聞南匪滋擾, 洋夷內侵, 以至皇駕北狩, 離宮遭爔, 憂惋之心, 不以疆城之有殊少弛也. 皇駕若暫避其鋒, 何不以瀋陽爲移蹕之所, 必以木蘭荒塞之外, 爲一行再行之擧耶? 大朝廷必有識見君子, 旣不力挽於北狩之時, 又不懇請還都, 心甚訝歎. 留都任事之大臣爲誰, 而都下可以恃之而無恐耶? 外國之使, 以面聖爲大, 而勢將

---

531 鏡楓 : 저본에는 '鏡帆'으로 되어 있는데 수정하였다. 林汝舟(1814~1861). 임칙서의 큰아들로, 자는 鏡楓으로 벼슬은 한림을 지냈다.

自此直還, 極爲抑菀, 且無以歸告朝廷, 望執事詳敎之."

"乘輿北狩, 七月下旬, 聞內外廷臣, 合辭籲懇挽回, 已奉
明旨, 不復行矣. 八月八日, 忽而啓蹕, 群臣不及遍知, 所
以不及卽行還都者. 據聞以時屆嚴寒, 衝途供應不及, 本
月春融回宮之旨, 今所傳正月杪可望回蹕, 亦是道聽途說,
未知果否. 熱河距京五日半, 奉天則程途太遠, 從官兵馬,
地方州縣, 更難供備, 亦或聖上體恤下情, 不復作巡幸盛
京之擧乎. 至於夷人退出之後, 京朝大臣, 合辭請駕, 至
再至三, 事有非此間所能擬議者, 先生所云任事大臣爲誰,
不當恃之而無恐之語, 已包括一切矣. 不才廢棄已七年,
不能詳知局中事. 每憶雲山雲樹, 五更風月, 隨侍先皇,
豪筆往來, 如夢如昨, 思之淚下, 而先生以藩[532]臣入京,
眷戀闕廷, 忠愛之誠, 情見乎辭, 不才不勝敬佩愸愧之至.
弟於畵法, 雖不解微妙, 而性亦喜藏書畵. 此扇枝榦之老
而秀, 花之踈密橫斜, 具有法度, 暗香踈影, 於無字句處
得之. 自是名筆, 未知趙公[533]現在貴國何處, 專以畵名家

---

532 藩: 저본에는 '潘'으로 되어 있는데 수정하였다.

533 趙公: 趙熙龍(1789~1866). 김정희의 문인. 본관은 平壤, 자는 致雲, 호는
又峰·石憨·鐵笛·壺山·丹老·梅叟. 1813년 식년문과에 급제하여, 벼슬은
오위장을 지냈다. 저서로 『石友忘年錄』과 『壺山外史』가 있다.

耶? 抑亦在朝者耶? 此畫明是吾輩中筆墨款字, 亦超逸絶
倫, 斷非畫師所能摹其萬一者." "趙熙龍, 是金秋史[534]高
足, 秋史道山遊後, 只有此一人." "秋史先生, 曾於道光初
年, 見京中友人處, 筆札唱和,[535] 皆稱閣部, 後仕至何官?
聞秋史先生, 以第一人及第, 其詩其書則曾見之?" "秋史
以內閣學士, 陞階至從二品, 三竄嶺海, 遲暮歸臥果川考
終. 其門人甚多, 今行中亦有隨來者, 當使之請敎於後日
矣. 秋史三昆弟,[536] 二人已歸道山, 獨第三弟巋存, 風雅
爲當今第一." "此是東法藥飯." "前年金邵亭兄曾賜食此
品, 兩年之別, 幸何如之." "東法則百勝於此. 此則使坊間
人倣以爲之, 故不及遠矣. 從當以東法供待矣, 不甘則無
味故也." "稼穡作甘, 甘乃五味之本, 甘受和." "特於交道,
不用甘如蜜, 此亦須分別觀. 上用小人之交四字則甘不可
矣. 且甘亦並非壞處, 至甘如蜜則不可矣. 君子之交淡,

---

534 金秋史: 金正喜(1786~1856). 본관은 慶州, 자는 元春, 호는 阮堂·秋史·
禮堂·詩庵·果坡·老果 등. 한국 금석학의 開祖로, 한국과 중국의 옛 비문
을 보고 만든 추사체가 있다. 저서로 『阮堂全集』이 있다.

535 秋……和: 1822년 冬至正使로 金魯敬이 북경에 다녀왔는데, 김정희와 김
명희가 자제군관으로 수행하였다.

536 秋……弟: 김정희, 金命喜(1788~1857), 金相喜(1794~1861).

淡之本味, 斷非酸鹹辛苦也." "公言大合事理, 以甘爲酒令, 愚弟先題曰, 其甘如薺." "飲此如甘露醴泉, 口雖蜜, 腹無劍何妨?" "先生說詩解頤, 亦不棄苟菲之意云爾. 腹劍於近日人情, 頗有譏諷, 亦有所見而云然耶? 未必然, 適因甘字令苟充之耳, 幸勿見訝. 東酒味醇, 以稍大之杯行酒如何?" "戶小, 不勝酒力." "隨量." "冠上金圈玉圈是否, 以品級分別." "一品環玉圈, 正二品環金圈, 從二品雕金圈, 正三品堂上官雕玉圈, 已下玳瑁黑角, 隨意爲之. 此在明時<u>董越</u>「朝鮮賦」." "不才閒居京師, 一無知能. 前年與<u>金邵亭</u>邂逅, 承其不棄苟菲, 遂成知己. 且於貴國賢公卿大夫前, 處處說項, 去年得見<u>荷屋尙書</u>·[537]<u>枕泉學士</u>, [538] 今日又得侍敎, 欣幸何如. <u>琴泉</u>想在王都之外? 抑在都城內? 與<u>邵亭</u>兄<u>湖園</u>相近否? 貴國士大夫, 乞身之後, 尚有

---

537 荷屋尙書: 任百經(1800~1864). 본관은 豊川, 자는 文卿, 호는 荷屋, 시호는 文貞. 1827년(순조 27) 증광문과에 급제하여, 벼슬은 성균관대사성·지중추부사·판중추부사 등을 역임했다. 1856년 冬至副使로, 1860년 陳賀兼謝恩正使로 북경에 다녀왔다. 저서로 『紫閣漫稿』가 있다.

538 枕泉學士: 朴齊寅(1818~1884). 본관은 潘南, 자는 稚亮, 호는 枕泉. 1856년(철종 7) 별시문과에 급제하여, 벼슬은 예조판서·형조판서·경상감사 등을 역임했다. 1860년 陳賀兼謝恩副使로 북경에 다녀와 『燕槎錄』을 남겼다. 당시 삼사는 북경에서 정공수를 만난 바 있다.(『연사록』, 1860년 7월 1일)

林泉之樂, 中國名勝之地, 處處有之. 然在朝在外, 諸老罷官後, 皆無歸田者. 以大半被擾, 不能首塗, 或去官後, 無買山之資也. 如敝鄉西湖, 頗足供游覽. 然爲江南賊蹤所隔, 不能歸矣."弟亦有所奉贈之物, 不可造次相贈. 先以東人所畫一扇, 爲乘章之先, 望垂品評, 當有繼呈矣. 東人畫法, 決不入品, 望垂敎焉.""求之吾兄金邵亭侍郎者, 什襲藏之, 以綿永好也.""甚盛甚盛.""不才信口, 直以此獲戾, 想用金人三緘之意乎. 若以爲二品之職, 似非吾兄所望於不才者, 上次來書, 期望殷厚, 不欲不才爲苟且偸生之人, 則邵亭之所見大矣.""此圈未知何所用耶? 邵亭之贈以金圈, 其意甚深, 老兄亦諦此意否?""今日尙有他事, 擬卽告辭. 乃聞尊意款留賜飯, 何以克當? 且三賢遠來, 不才未伸地主之誼, 而先擾郇廚, 尤爲不安.""酒已過量, 不敢再飮, 請賜飯. 今日殽饌旣精, 得飮醇醪尤幸. 計三賢此次在京, 較往年使者爲暇, 此三旬中可以時時晤聚, 以後求敎之處甚多也.""旣蒙長者委枉, 何可無供待侍人之禮耶? 薄具不足辭, 酒數巡後, 卽當告退, 以便長者行止矣. 東人例以鑰匙剷飯, 大杯吃酒, 當此小椀小杯, 不合東俗, 請約大杯, 幸遇君子. 豈敢先退? 前言戱耳." "各行其便, 亦本色之一端也. 初七八兩日, 當再專函奉訂, 望擇期枉過弟寓一叙, 苦無殽饌, 藉圖暢談耳. 三君子務必偕來，至盼至幸．現有他事，請告退."“鄙生等初入中國，不能無觀光上都之處．初七八，適值出游時，初九聯進，未知如何．請先退，今日之酒，鄙生先退非禮，故更爲入來."“太謙."“談草並望下投，則當膽留一本，而原草則初九日袖呈矣."

善本燕行錄校註叢書19세기①

校註 入燕記

申錫愚 著

金龍泰·張眞瑛 校註

2023년 2월 28일 초판 1쇄 발행

펴낸이 유지범

발행 성균관대학교 출판부

등록 1975. 5. 21. 제1975-9호

주소 (03063) 서울시 종로구 성균관로 25-2

전화 760-1253~4 | 팩스 762-7452

홈페이지 press.skku.edu

조판 고연 | 인쇄 및 제본 영신사

ⓒ 성균관대학교 대동문화연구원, 2023

ISBN 979-11-5550-577-9 93810